OX | 9/18 | TH 10/23 | | |

To renew this book, phone 0845 1202811 or visit
our website at www.libcat.oxfordshire.gov.uk
(for both options you will need your library PIN
number available from your library),
or contact any Oxfordshire library

 OXFORDSHIRE

Antonio Fusco

Il metodo della fenice

Questa è un'opera di fantasia. Ogni riferimento a fatti e persone realmente esistiti è puramente casuale.

www.giunti.it

© 2018 Giunti Editore S.p.A.
Via Bolognese 165 – 50139 Firenze – Italia
Piazza Virgilio 4 – 20123 Milano – Italia

Prima edizione: giugno 2016
Prima edizione tascabile: gennaio 2018

A mio figlio Gennaro,
che ormai è diventato un uomo,
e alla memoria di mio padre
da cui lui ha ereditato il nome
e io la passione per la lettura.

Parte prima

IL COLPEVOLE

«Ma io non sono colpevole» disse K. «È un errore.
Come può mai essere colpevole un uomo?
E qui siamo tutti uomini, l'uno come l'altro.»
«È giusto,» disse il sacerdote «ma è proprio così
che parlano i colpevoli.»

Franz Kafka, *Il processo*

1

Il colpevole era nudo. Giaceva privo di sensi sul pavimento della stanza. Il narcotico gli aveva fatto perdere conoscenza e non si era ancora ripreso.

Il piccolo ambiente dalle pareti bianche era illuminato solo da una lampada d'emergenza. Non c'erano aperture che lasciassero filtrare la luce naturale, così non era possibile capire se fosse notte o giorno.

Faceva caldo. La ventola del dispositivo di aerazione frullava l'aria umida spargendo odore di muffa. Il suo movimento produceva un rumore così persistente da farsi dimenticare.

L'uomo aveva poco più di trent'anni. Il fisico tonico e asciutto era il risultato della pratica costante di jogging e ciclismo. Ci teneva molto al suo corpo e si vedeva. La pelle era liscia, si depilava regolarmente per far risaltare i muscoli e il colore ambrato dell'abbronzatura artificiale.

Si era rannicchiato su un lato in posizione fetale, assecondando un naturale istinto di difesa. La puntura dell'ago sull'esterno della coscia destra gli aveva creato un piccolo livido visibile anche nella penombra.

Alla catenella delle manette, che teneva strette ai polsi, era agganciato un moschettone da cui partiva una corda robusta che saliva sino a una carrucola a motore posta al centro del soffitto.

L'avevano colto nel sonno, poco prima dell'alba. Si era addormentato nell'enorme letto rotondo messo in mezzo al salone. Insieme a Loredana… o Tania… o Laura, o come diavolo si chiamava. Le donne cambiavano spesso. I loro nomi non erano così importanti. Duravano talmente poco che non aveva senso sforzarsi di ricordarli, associarli a un volto che neanche riusciva a distinguere. Erano carne nuda. Corpi vivi e basta.

D'altronde era meglio così. Esistevano alcune regole fondamentali in quel giro. Una di queste era che non bisognava mai confondere ciò che avveniva la notte con la vita reale. La vita normale, quella dove le persone hanno una faccia, un nome e un cognome, e spesso anche un titolo e una reputazione da mantenere.

Con il sorgere del sole tutto doveva svanire, soprattutto il ricordo. Come la brina dalle foglie degli alberi e i pipistrelli dal cielo. Il passo tra il ricordare e il giudicare è troppo breve, e a volte può portare a conclusioni pericolose. Molto pericolose.

L'iniezione di Diprivan aveva fatto subito effetto, gli altri non si erano accorti di nulla. Alla spicciolata si erano rivestiti e se ne erano andati. Spossati e appagati. Un saluto veloce, poco più di un cenno, cercando di nascondere il solito imbarazzo del dopo.

L'uomo era stato avvolto con una coperta e portato via, nascosto nel bagagliaio di un'auto.

Il suo respiro cominciava a essere irregolare, un po' affannato. Ogni tanto aveva un sussulto. Si stava risvegliando.

Lentamente si girò su un lato. Faceva fatica a muoversi. Era ancora intorpidito dagli effetti del medicinale. Con le mani riuscì a sfilare il cappuccio di stoffa nera che gli avevano messo sulla testa. Aprì gli occhi e si guardò intorno. Percepiva qualcosa di familiare in quell'ambiente. Un'antica paura che risaliva dal baratro in cui aveva ricacciato i peggiori incubi della sua infanzia. La camera del demonio. La punizione per chi era stato cattivo. Non riusciva a capire come fosse finito lì. Si ricordava della festa, dove aveva bevuto molto e sniffato cocaina, prima di addormentarsi. Con difficoltà riuscì ad alzarsi, concentrandosi unicamente sullo sforzo necessario per muovere le gambe e il busto.

In lontananza una goccia d'acqua si infrangeva sul pavimento con un ritmo regolare che creava attesa. La sua eco rimbombava nell'aria e scandiva il passare del tempo come il movimento dell'ingranaggio di un vecchio orologio.

Riuscì a distinguere la porta chiusa a pochi metri da sé. Cercò di raggiungerla, ma la corda legata alle manette non glielo consentiva. Provò a chiedere aiuto. Dapprima con un tono normale, poi sempre più forte, fino a urlare con tutto il fiato che aveva in corpo.

Dopo qualche minuto smise. La gola gli faceva male. Aveva notato che la voce gli si stava abbassando ed ebbe paura di rimanere senza, di non essere più in grado di farsi sentire.

Udì il rumore di un battente di ferro che si chiudeva e di passi pesanti che si avvicinavano. Un filo di luce bianca penetrò da una leggera imperfezione tra la base della porta e il pavimento.

Si ritrasse il più possibile nella stanza, per guadagnare tempo. Pochi istanti in più a disposizione per capire e decidere cosa fare.

Avvertì lo scatto di un interruttore seguito dal ronzio di un motore. Non comprese subito, fino a che non si sentì tirare di nuovo verso il centro della stanza dalla corda legata alle manette.

Cercò di opporre resistenza ma riuscì solo a ritardare di pochi attimi quel movimento obbligato. Dopo qualche secondo si ritrovò quasi appeso al soffitto. Riusciva a poggiare solo la punta dei piedi sul pavimento. Le braccia tese gli facevano male, soprattutto per lo sforzo che aveva fatto per resistere alla trazione del motore.

Il sangue faceva fatica a fluire fino alle mani. Il respiro era diventato affannoso. Aveva preso il ritmo irregolare e spasmodico della paura, simile a quello di un animale al macello che sa di non potersi sottrarre al proprio destino.

2

Il corpo della donna aveva assunto una posizione plastica. Dava le spalle alla strada ed era girato su un lato, completamente nudo, sopra un cumulo di calcinacci lasciati da qualcuno che aveva voluto liberarsene in modo sbrigativo ed economico. Rigido, leggermente incurvato, con le braccia distese lungo i fianchi e il palmo delle mani rivolto verso la schiena. Sembrava un manichino, di quelli con cui si allestiscono le vetrine dei negozi.

I piedi e i polpacci erano completamente bruciati. Restavano solo le ossa e qualche brandello di carne carbonizzato. Si confondevano con quel che rimaneva degli stracci usati per accendere il fuoco. Le cosce e i glutei, invece, erano solo anneriti dal fumo. Evidentemente chi aveva deciso di incendiare il cadavere a un certo punto aveva desistito. Forse aveva visto avvicinarsi qualcuno oppure, semplicemente, si era accorto che non sarebbe stata una cosa facile da fare. Ci sarebbe voluto del tempo e tanto materiale combustibile. Soprattutto in una notte di novembre, fredda e piovosa come quella appena passata.

Nonostante il cadavere fosse bagnato dalla pioggia e dalla brina del primo mattino, il tanfo di carne bruciata arrivava allo stomaco. Uno degli operatori della Scientifica aveva già vomitato la colazione.

Quello che disgustava non era tanto l'odore dolciastro che si diffondeva nell'aria ma la sua associazione mentale con un essere umano. Era la combinazione delle due cose, questa consapevolezza, che faceva diventare il tutto insopportabile e difficile da dimenticare.

La testa era avvolta in un sacchetto di plastica bianco, stretto al collo con del nastro da imballaggio. Una parte aderiva al mento ed entrava nella bocca aperta segnando il profilo delle labbra a testimonianza del disperato tentativo della donna di respirare.

L'area intorno al cadavere era stata delimitata alla meglio con il nastro segnaletico bianco e rosso. Si trattava di uno spiazzo di terreno sterrato sotto un ponte, diventato nel tempo una specie di discarica abusiva. Scarti di lavori di muratura, un vecchio materasso sporco e rosicchiato dai topi, lo scheletro di una lavatrice, il telaio arrugginito di un triciclo per bambini, il tubo catodico di un televisore, c'era un po' di tutto. Anche un coniglio di peluche rosa, appoggiato alla spalliera di una sedia rotta vicino al corpo della donna. Come se fosse stato messo apposta a tenerle compagnia per la notte.

Casabona era rimasto al di fuori del perimetro per non intralciare gli uomini della Scientifica che stavano concludendo i rilievi. Ogni porzione del terreno andava fotografata prima di spostare il cadavere. Tutti gli oggetti presenti dovevano restare nella posizione in cui si trovavano. Non era dato sapere, di tutte quelle cose abbandonate, quali sarebbero tornate utili per le indagini. Il punto esatto dove erano collocate poteva rivelarsi determinante per ricostruire i fatti.

La scena del crimine è come la pellicola di un film i cui fotogrammi siano stati tagliati e buttati via in modo casuale. Sparsi tutto intorno senza una logica precisa. È compito degli investigatori ritrovarli uno per uno e rimetterli insieme nell'ordine corretto, in modo da ricostruire la perfetta sequenza degli avvenimenti. Basta perderne uno, e le cose si complicano.

Per la verità, quella non era nemmeno la scena primaria. Era evidente che la donna non era stata uccisa lì. Questa certezza, da un lato velocizzava le operazioni, dall'altro stava a significare che la risposta a gran parte delle domande che nascevano in quel luogo era nascosta altrove. E non sarebbe stato facile capire dove.

Erano quasi le otto del mattino. Il sole ormai brillava da qualche parte nel cielo, ma non in quella vallata che collegava Valdenza ai monti dell'Appennino tosco-emiliano. La sua luce, ostacolata da un fitto manto di foschia, aveva soltanto reso grigio il nero della notte, niente di più.

Una pioggia leggera, sottile, senza direzione, quasi sospesa nell'aria, bagnava il terreno, le auto con i lampeggianti accesi, i berretti degli agenti e il cappotto blu di Casabona che si era appoggiato a una delle volanti e aspettava sotto un ombrello aperto.

Aveva tirato fuori un mezzo toscano, più per cercare di coprire il fetore della carne bruciata che per la voglia di fumare. Se ne stava lì, da solo, a fissare il coniglio rosa, come quei pensionati che passano le loro giornate a osservare gli operai che lavorano nei cantieri.

Era attratto dai suoi grandi occhi bianchi dalla pupilla nera, circolare. Nei suoi pensieri c'era qualcosa che univa il peluche e il manichino bruciacchiato, che era stato un essere umano fino a poche ore prima. Riavvolgendo il tempo all'indietro, aveva immaginato i giorni in cui quella donna era stata una ragazza e, prima ancora, una bambina, che sicuramente aveva giocato con un coniglietto di pezza, come sua figlia Chiara da piccola. Sarà stato suo padre a portargliene uno. Forse una sera, tornando dal lavoro, per farsi perdonare le troppe assenze. Come faceva lui quando, dopo aver passato tutta la giornata in ufficio, si regalava un rimedio per i sensi di colpa e aspettava di vederli spegnersi nel sorriso innocente della sua bambina.

"Perché una bambina che giocava con gli animali di peluche, ora si trovava in una discarica, in mezzo a calcinacci, frigoriferi e sedie rotte?", si chiedeva.

Pensava anche al fatto che, dopo averla identificata, sarebbe stato necessario informare qualcuno della tragedia, forse proprio suo padre.

"Mi scusi signore, ho da comunicarle che sua figlia ... quella che lei ha amato più di se stesso da quando è venuta al mondo, ... sì proprio quella a cui raccontava favole mentre dondolava sulle sue ginocchia, ... ecco è finita in una discarica abusiva insieme a vecchi elettrodomestici rotti e materassi sudici, ... ma non si preoccupi perché c'è un bel coniglietto rosa a tenerle compagnia."

A chi sarebbe toccato stavolta? Chi sarebbe stato il cireneo incaricato di trascinare la croce, l'untore che avrebbe avuto il compito di portare il male lontano da quel ponte, affinché infettasse di dolore altre persone? Quel male che si fa beffa della debolezza dell'amore e lo usa come mezzo per propagarsi, per affermare la propria supremazia in questo mondo. Se fosse possibile, basterebbe non amare per bloccare le conseguenze del male. Diventare insensibili al dolore altrui. Se fosse possibile...

Casabona rimbalzava in questo vortice di pensieri scomposti come una biglia d'acciaio in un flipper. Il game over si accese grazie all'arrivo dell'ispettore Proietti e del sovrintendente Stefano Bini.

Avevano parcheggiato l'Alfa 156 nera sulla statale, per non sovrapporre le impronte degli pneumatici a quelle del mezzo che aveva trasportato il corpo della donna uccisa. Un'accortezza inutile, visto che nello sterrato c'erano già le due volanti, l'auto della Scientifica e quella del medico legale. Poi, per non fare tutto il giro, si erano avventurati in un'insidiosa discesa dalla scarpata al lato della strada. In un paio di occasioni Proietti era scivolato sul terreno fangoso, riuscendo miracolosamente a restare in piedi grazie ad alcuni buffi movimenti che ricordavano quelli di uno sciatore alle prime armi.

Si avvicinarono a Casabona con un certo imbarazzo: erano arrivati dopo di lui. Proietti si stava ancora domandando come mai il commissario fosse giunto insieme alle volanti già alle sette del mattino, ma evitò di chiederglielo. Lo salutò e aspettò che fosse lui a dirgli qualcosa.

«È arrivata una telefonata anonima al 113, stamattina presto. Una voce maschile ha segnalato il cadavere di una donna sotto il ponte di Campanelle. Poi ha attaccato.»

«Sappiamo già chi è? Come è morta?» chiese Proietti.

«Non sappiamo ancora nulla, Fabio. È completamente nuda e non sono stati trovati effetti personali. La Scientifica sta finendo i rilievi. Sulle cause della morte, così a occhio, sembra che sia stata soffocata con il sacchetto che le è stato messo sulla testa. È ancora in pieno *rigor mortis*, quindi il decesso risale a non più di quarantotto ore fa e a non meno di dodici, se consideriamo il freddo di questo periodo. Sicuramente è stata portata qui stanotte, non è da molto tempo nella discarica, altrimenti i topi e altri animali l'avrebbero spolpata. Invece il cadavere sembra integro, a parte i piedi bruciati» rispose Casabona.

Si intromise il sovrintendente Bini, che si era coperto la testa pelata con un cappellino con la visiera e lo stemma della polizia: «Quindi è stata uccisa e tenuta per un po' da qualche altra parte prima di essere portata qui?».

«Così pare» rispose sbrigativo Casabona.

Intanto l'ispettore Trimboli e i suoi avevano concluso con le foto, così si avvicinarono di più al corpo della donna.

Il medico legale Samuele Pagnini stava procedendo con l'esame esterno della salma. Tagliò la collana di nastro adesivo dal collo della donna, quel tanto che bastava per liberarla dal sacchetto di plastica che le fasciava la testa. Poi lo ripose con accortezza in un contenitore sterile. Era un reperto molto importante, vi si sarebbero potute trovare le impronte digitali dell'assassino oppure sue tracce biologiche.

Casabona si spostò in modo da poter guardare il volto della donna.

Era bellissima. Avrà avuto al massimo venticinque anni. Un caschetto di capelli neri incorniciava due occhi turchesi che erano rimasti sbarrati sull'abisso della morte. Gli spasmi dell'asfissia li facevano risaltare in modo ancora più drammatico per via del fondo rosso sangue dovuto alla rottura dei capillari congiuntivali.

Le chiusero le mani con delle bustine di plastica, usate come fossero dei guanti. Servivano a evitare ulteriori contaminazioni prima che venisse effettuato il tampone sotto le unghie, dove spesso si possono trovare frammenti di cute o peli dell'assassino. Anche se, in quel caso, le speranze erano davvero poche. La donna non aveva lottato. I lividi che aveva intorno ai polsi, precisi come fossero bracciali tatuati, stavano a dimostrare che era stata legata, probabilmente con delle fascette da elettricista. Non aveva potuto difendersi e nemmeno tentare di strapparsi la plastica dalla faccia per prendere aria e respirare. Per lei era stato come essere risucchiata da un vortice in un baratro buio e senza fine.

L'ipotesi era confermata dalla posizione delle mani, aperte all'indietro lungo i fianchi, assunta come riflesso dopo che le erano state liberate.

Non c'erano altri segni di violenza sul cadavere.

Casabona ritornò verso l'auto seguito da Proietti e Bini. Poco dopo lo raggiunsero anche il medico legale e il responsabile della Scientifica. Il primo a parlare fu Samuele Pagnini, che confermò quello che già si era intuito.

«Tommaso, per il momento posso solo dirti che è morta per

asfissia, soffocata con il sacchetto, e che il decesso dovrebbe risalire a non più di quarantotto ore fa. Non mi voglio sbilanciare oltre. Ma voi la conoscevate?»

Si guardarono l'un l'altro, ma nessuno rispose. La risposta negativa fu evidente nelle loro espressioni sconfortate.

Il commissario si rivolse all'ispettore Trimboli:

«Dobbiamo identificarla il prima possibile, altrimenti non possiamo partire con le indagini. Quando porteranno via la salma, vai anche tu all'obitorio con il dottor Pagnini. Dopo averle fatto il tampone sotto le unghie, prendile subito le impronte e inseriscile nella banca dati AFIS. Se, per un motivo qualsiasi, fosse stata fotosegnalata in passato, scopriremo subito chi è. Altrimenti ci dovremo affidare alle denunce di scomparsa, e la sua, visto il breve tempo trascorso, potrebbe non esserci ancora.»

«Va bene dottore, appena terminato le farò sapere l'esito» rispose Trimboli. «Intanto volevo farle vedere questa» continuò, alzando una busta per reperti con all'interno una tanica di plastica bianca. «Era vicino al cadavere e puzza di benzina. Potrebbe essere quella che conteneva il liquido usato per appiccare il fuoco. Con un po' di fortuna potremmo trovare qualche impronta dal lato che non è stato esposto alla pioggia.»

Casabona restò per un attimo dubbioso. Non ricordava nemmeno più l'ultima volta che la Scientifica aveva rilevato un'impronta utile per proseguire un'indagine in corso. Comunque era meglio di niente, concluse tra sé.

«D'accordo, Trimboli. Datevi da fare.»

L'ispettore della Scientifica e il medico legale ritornarono vicino al corpo della donna. Era arrivata la polizia mortuaria, si aspettava solo che il magistrato di turno ne autorizzasse la rimozione. Stava per giungere sul posto il dottor Boccuso, ancora pochi minuti e si sarebbe potuto smontare tutto il macabro set allestito per l'occasione.

«Noi che facciamo?» chiese l'ispettore Proietti. «Vuoi che chiami qualcun altro?»

«No, Fabio. Sarebbe inutile, qui abbiamo finito. Piuttosto, manda una pattuglia a fare il giro dei distributori di carburante nel raggio di una decina di chilometri. Digli di acquisire le immagini delle telecamere di sorveglianza di questa notte, per verificare se qualcuno ha riempito una tanica con della benzina. Poi fai chiamare la polizia municipale da Andrea Bellini, per chiedere se hanno postazioni autovelox su questa strada, oppure telecamere ai semafori. Nel caso acquisiremo tutte le immagini, a partire dalle diciotto di ieri sera fino alle sette di stamattina. Tu e Bini tornate in questura e cercate di risalire al numero da cui è partita la telefonata che segnalava il cadavere.»

«Perfetto. Tu che fai? Resti qua?» chiese Proietti.

«Aspetto che arrivino il dottor Boccuso e il questore, poi vi raggiungo in ufficio. Nel frattempo ne approfitto per informare gli uffici centrali di Roma. Non vorrei che uscisse prima la notizia Ansa. Si incavolano di brutto quando vengono a sapere le cose dalla stampa. E non se la fanno passare neanche se prendi l'assassino. Anzi, mi sa che ho aspettato anche troppo.»

I suoi collaboratori si avviarono verso l'auto. Proietti, dopo aver percorso una decina di metri, tornò indietro da solo.

«Volevo dirti, Tommaso… io sono arrivato in ufficio dopo una ventina di minuti dalla telefonata della sala operativa ma mi hanno detto che eri già andato via.»

«Fabio, non ti preoccupare, mi trovavo in questura quando è arrivata la notizia, perciò sono partito subito. Da un paio di giorni sto dormendo lì, mi sono fatto dare una stanza al piano degli alloggi. Ho bisogno di stare un po' lontano da casa.»

Proietti si affrettò a interromperlo, visibilmente imbarazzato. Ossessionato com'era dalla discrezione, temette di essere stato troppo invadente. «Scusa Tommaso, non mi volevo fare gli affari tuoi, era solo per informarti.»

«Nessun problema Fabio, ora andate che devo fare queste telefonate prima che arrivino il magistrato e il questore» lo tranquillizzò Casabona tenendogli una mano sulla spalla in segno di amicizia.

Il commissario rimase a osservarlo mentre si allontanava. Una buffa coppola gli conferiva un'aria sospesa a metà tra quella di un lord inglese impegnato in una battuta di caccia alla volpe e quella di un vecchio mafioso di campagna che se ne va a spasso con la lupara tra le montagne brulle della Sicilia. Per via della sua magrezza, portava taglie molto piccole e, poiché era anche alto, i pantaloni spesso gli stavano un po' corti. Come quelli di velluto beige che indossava quella mattina, che lasciavano in vista le calze di lana rosso bordeaux.

Era la persona più discreta che avesse mai conosciuto. Trent'anni di mestiere e una naturale predisposizione gli avevano insegnato come fare bene il proprio lavoro in un ambiente che, a volte, poteva essere più scivoloso della scarpata da cui era sceso con il sovrintendente Bini poco prima. Sapeva cos'era l'equilibrio e come si praticava, e di questa sua dote beneficiava tutta la squadra.

Finalmente Casabona tirò fuori il telefonino dalla tasca interna del cappotto e iniziò con le sue telefonate. Lo faceva sempre di malavoglia. Era costretto a ripetere per almeno tre volte lo stesso racconto. Nomi, orari, luoghi, dettagli. La considerava una pratica noiosa, ma era necessaria.

Una volta, un suo superiore di Roma, percependo l'ansia di concludere la telefonata, gli aveva detto: «Collega, il morto è morto, tranquillo che non scappa».

In effetti non aveva tutti i torti, non si era mai visto un morto scappare.

3

Anche in un efferato delitto si può trovare qualcosa di positivo, se lo si guarda da una certa prospettiva. Per esempio, l'aver rinvenuto il corpo della vittima alle sette del mattino di un giorno feriale piuttosto che la sera di un sabato. Così chi deve svolgere le indagini è nella condizione migliore per farlo, con tutta la giornata davanti e gli uffici aperti. Un lusso che non sempre ci si può permettere. Il più delle volte i ritrovamenti avvengono di sera, in giornate festive o prefestive. In quel caso i giornali fanno in tempo a cambiare le prime pagine, senza possibilità di replica, e l'indomani si avverte la pressione dell'opinione pubblica. Si lavora a oltranza per tutta la notte, combattendo il sonno e la stanchezza con litri di caffè. Molte informazioni utili per le indagini, chiuse negli archivi di enti e compagnie telefoniche, risultano inaccessibili, visto che non c'è nessuno a cui chiederle.

Casabona se ne stava seduto dietro la scrivania nel suo ufficio. Aveva riascoltato decine di volte la registrazione della telefonata anonima ricevuta dal centralino del 113 alle sei e diciassette, nella speranza di cogliere qualche indizio che aiutasse a rintracciare l'interlocutore.

"... *andate sotto il ponte di Campanelle ... c'è una donna morta per terra ... nuda*", tutto qui. Poi l'uomo aveva riattaccato. La voce era quella di un adulto ed era priva di inflessioni dialettali. Proietti e Bini avevano accertato che la telefonata proveniva da una cabina telefonica situata a circa duecento metri dal luogo del ritrovamento del cadavere, vicino all'unico bar emporio di Pulica, un piccolo borgo sulla collina sovrastante la statale. Non era stata usata una scheda prepagata o una carta telefonica, quindi, tecnicamente, non era possibile rintracciare chi aveva fatto quella chiamata.

L'unica possibilità, molto remota visto l'orario, era che qualcuno potesse aver notato la presenza di una persona nella cabina.

Casabona masticava nervosamente un chewing gum. Ogni tanto si alzava, raggiungeva la finestra, dava un rapido sguardo alla strada e poi tornava a sedersi. Cercava di contenere l'ansia. I suoi uomini stavano lavorando seguendo le indicazioni ricevute. Non si poteva pressarli più di tanto, ne avrebbe risentito la qualità del risultato finale. Bisognava solo aspettare per capire in che direzione muoversi.

Serviva uno spunto, una pista. Bisognava almeno conoscere l'identità della vittima, per ricostruire la sua vita, i suoi legami, le sue frequentazioni. Chiedersi chi potesse averla odiata, amata o semplicemente desiderata così tanto da ridurla in quello stato. Sentimenti apparentemente contrastanti ma che in tempi diversi possono essere provati nei confronti della medesima persona. Facce della stessa medaglia, si dice. Perché l'odio più feroce è spesso il rantolo velenoso di un amore ferito, oppure l'urlo di rabbia di un desiderio selvaggio e inappagato. L'amore è l'origine di ogni tragedia, l'ingrediente essenziale del bene e del male.

La porta, come al solito, era aperta. L'ispettore Fabio Proietti entrò nella stanza. Attese un attimo, poi disse:

«Lo so che non suona bene Tommaso, però lavorare su un omicidio con la tranquillità di poter fare tutti gli accertamenti senza complicazioni è un valore aggiunto. Da quanto non avevamo una fortuna così? Gli ultimi cadaveri ci sono capitati sempre di sera e nei giorni festivi. Addirittura quello della statua vivente a piazza del Duomo ce lo ritrovammo alla vigilia di Natale. Ti ricordi?».

Casabona annuì e tagliò corto. Se lo ricordava bene quel Natale e preferiva non toccare l'argomento.

«Stavo pensando la stessa cosa Fabio. Non c'è nulla di cui vergognarsi, però è meglio che queste considerazioni ce le facciamo tra noi, altrimenti ci prendono per cinici psicopatici. Dimmi, invece, cosa abbiamo di nuovo?»

«De Marco e Ruocco hanno fatto il giro dei distributori di carburante della zona. Ce ne sono sei tra la periferia nord di Valdenza e il confine della provincia. In due di questi le telecamere di sorveglianza non funzionano, degli altri quattro hanno acquisito la copia delle registrazioni della serata di ieri e di stanotte. Le hanno già riguardate tutte, ma non hanno trovato niente di utile. Tutti rifornimenti normali ad automezzi. Nessuna tanica.»

«Del resto è difficile che, con un cadavere in macchina, ci si fermi a riempire una tanica di benzina. È molto più probabile che l'assassino se la sia procurata prima, oppure che la tenesse già in casa. Ma è una verifica che doveva essere fatta» disse il commissario, quasi a volersi scusare per aver disposto quel controllo dall'esito scontato.

«Certo, deve risultare nelle carte processuali. Altrimenti, nel caso di un processo, gli avvocati della difesa ce lo rinfaccerebbero» confermò Proietti.

«Novità dagli altri?» chiese ancora Casabona.

«Ho fatto uscire Stefano Bini con Marinelli e Guerra. Gli ho detto di ripercorrere con calma tutta la statale che passa vicino al ponte, per cercare altre telecamere di sorveglianza, magari di qualche abitazione privata. Passeranno anche a dare un'occhiata alla cabina telefonica da cui è partita la telefonata anonima. Andrea Bellini, come avevi disposto tu, è al comando della polizia municipale per visionare le registrazioni del comune e gli autovelox della zona. Anche da lì non è ancora venuto fuori nulla di buono».

Si affacciò alla porta l'ispettore Trimboli della Scientifica. Era rientrato da poco dall'obitorio, dove era andato insieme al medico legale per prendere le impronte digitali della ragazza. Le aveva inserite nella banca dati AFIS nella speranza di trovare corrispondenze con precedenti identificazioni.

Casabona non gli diede nemmeno il tempo di parlare: dalla sua faccia e dal tono sommesso con cui aveva chiesto il permesso di entrare, intuì che la verifica non aveva dato un esito positivo.

«Non mi dire niente, Trimboli. Ho già capito: ennesimo buco nell'acqua. Non era mai stata schedata con le impronte, vero?»

«Purtroppo è così, la ricerca non ha prodotto risultati» ammise sconfortato.

«E la verifica sulla tanica?» chiese senza convinzione il commissario.

«Quella non possiamo farla noi. Serve un procedimento particolare per la ricerca di impronte digitali latenti che prevede l'uso del cianoacrilato. La possono fare solo quelli del gabinetto regionale a Firenze» rispose l'ispettore.

«Allora portate la tanica a Firenze, cosa aspettate?»

«Già fatto. L'hanno presa in carico e inserita nella lista di lavorazione.»

«Ottimo. Quando ci faranno sapere qualcosa?»

Trimboli si schiarì la voce con un piccolo colpo di tosse e rispose tra i denti, sapendo bene quale sarebbe stata la reazione del commissario.

«Non prima di dopodomani, dottore.»

Casabona alzò il tono della voce: «Non prima di dopodomani? Ma che significa? Quanto ci vuole per fare questo cianoacrilato?».

«Per concludere il procedimento, non più di un'ora. Ma dicono che hanno già una lunga lista di incarichi da portare a termine.»

«Ma gliel'hai detto che si tratta di un'emergenza?» lo incalzò l'ispettore Proietti, che fino ad allora era rimasto ad ascoltare seduto su una delle due poltrone davanti alla scrivania.

«Certo, Fabio. Mi hanno risposto che lo sono anche gli altri incarichi e che per loro le emergenze sono uguali» rispose Trimboli con un tono indispettito che si poteva permettere con il suo collega Proietti.

Casabona non aggiunse altro. Prese il telefonino dalla tasca interna della giacca e chiamò Bruno Rossi, il capo del gabinetto regionale della polizia scientifica. Che, tra l'altro, era un suo caro amico.

«Sì, Bruno, sto bene… anche a me fa piacere sentirti ma avrei preferito farlo in una circostanza diversa… mi chiedi perché? Cosa è successo? È successo che, come al solito, mi tocca insistere per ottenere un accertamento urgente in tempi accettabili… sì, lo so che hai tante cose da fare, ma questo è un omicidio e ancora non sappiamo chi sia la vittima.»

Evidentemente Rossi stava tenendo il punto, così Casabona iniziò a perdere la pazienza.

«Va bene, siamo amici e non voglio litigare con te per queste cose. Ora mando qualcuno a riprendere la tanica. Parlo con il magistrato titolare del procedimento e faccio dare l'incarico al RIS dei carabinieri. Loro di sicuro me lo faranno prima questo ciano-acrilato, non gli sembrerà vero di poter entrare nell'indagine. Poi darai spiegazioni a Roma quando la notizia uscirà sulla stampa, tanto immagino che siano a conoscenza di tutte le tue emergenze e capiranno. Nulla di personale, Bruno, sei sempre un amico, ma il lavoro è lavoro. Ciao.»

Chiuse la comunicazione e appoggiò il telefono sulla scrivania. Tutti e tre i presenti rimasero in silenzio a guardare il cellulare, come se stessero osservando un giocatore che scopre l'ultima carta di una mano di poker per vedere se aveva bluffato.

Dopo qualche secondo, il telefono iniziò a vibrare.

«Dimmi Bruno… va bene per domani mattina presto, faccio venire Trimboli a prendere i risultati… certo che li avrei fatti fare dal RIS, su queste cose non scherzo, lo sai… va bene, sono in debito di una bevuta, appena esco da questo casino ci si vede una sera… ciao.»

Casabona ripose il cellulare nella tasca interna della giacca e commentò: «Ogni volta la stessa storia, se aspetti che le cose seguano il loro corso naturale, non arrivi mai da nessuna parte». Quindi si rivolse all'ispettore Trimboli: «Alle nove di domani saranno pronti i risultati. Ti ha detto altro il medico legale?».

«La donna potrebbe aver avuto un rapporto sessuale prima di morire. Il dottor Pagnini le ha fatto il tampone vaginale per la ricerca di tracce di DNA maschile. Ci farà sapere appena possibile. Per quanto riguarda le cause del decesso, si è riservato di essere più preciso dopo l'autopsia che farà domani mattina. Se non ha più bisogno di me, andrei a finire il fascicolo dei rilievi fotografici.»

«Sì, vai pure Trimboli, e avvisami subito se dovessero trovare qualche impronta utile a Firenze» lo congedò il commissario.

Insieme a Trimboli andò via anche Proietti.

4

Casabona rimase solo nel suo ufficio. Gli riprese l'ansia. Si avvicinò alla finestra per riflettere. La vista della strada, delle case in pietra, della cupola del Duomo che appariva sfumata dietro i tetti, aveva il potere di farlo rilassare. Il tutto era ammantato da una coltre di soffice nebbiolina autunnale che rendeva intima la giornata e la proteggeva dalla sfrontata invadenza dei raggi del sole.

Erano quasi le tredici e la gente si stava preparando per il pranzo.

Sul marciapiede dall'altro lato della strada una bella signora, avvolta in un elegante cappotto nero, camminava a passo svelto. Nonostante la finestra chiusa e il rumore delle auto, Casabona aveva l'impressione di sentire il ticchettio dei tacchi alti a ogni suo passo. Portava una busta della spesa e, con l'altra mano, teneva una bambina di non più di otto anni curva sotto il peso di uno zaino troppo carico di libri.

Si fermò davanti all'ingresso di un palazzo. Dopo aver rimestato a lungo nella borsa che portava a tracolla, riuscì a trovare le chiavi, aprì il portone. Prima di entrare, gettò un rapido sguardo verso la finestra del commissario, come se avesse sentito un tocco sulle sue spalle. Casabona non si meravigliò più di tanto. Spesso nelle donne aveva riscontrato quella particolare capacità di percepire, come se fossero dotate di un sesto senso, lo sguardo altrui sul proprio corpo.

La donna e la bambina rimasero per un po' ad aspettare con il portone aperto, finché non le raggiunse un uomo che, probabilmente, si era attardato a parcheggiare l'auto dopo averle fatto scendere il più vicino possibile a casa. Casabona li aveva già visti altre volte. Si trattava di una famiglia che viveva al secondo piano del palazzo di fronte alla questura. Sembravano sereni e affiatati. La bambina si era subito lanciata tra le braccia del padre quando lo aveva visto entrare nell'androne. Lui, prima di abbassarsi per prendere lo zaino alla figlia, ne aveva approfittato per dare un rapido bacio alla moglie.

Non c'è nulla che possa far male a chi si sta separando come il vedere una famiglia felice. È una spruzzata di alcol su una ferita aperta. Non perché si avvertano sentimenti negativi, come l'invidia. Tutt'altro. Si prova un senso di tenerezza che, poco dopo, come uno specchio, riflette l'immagine del proprio fallimento e si tramuta in una profonda tristezza.

Casabona, ormai, aveva superato la linea di confine segnata dalla rottura della convivenza. Aveva deciso di andare via di casa e già da qualche giorno dormiva in una camera degli alloggi riservati al personale della questura. Le stanze che normalmente sono a disposizione dei giovani di nuova assegnazione. Quelli che vengono da fuori e non hanno ancora famiglia, oppure non l'hanno portata con sé scegliendo di fare i pendolari in attesa di un trasferimento.

Aveva richiesto l'assegnazione provvisoria della camera alla responsabile della gestione del personale e della logistica. Non era il primo, anzi, di lì ne erano passati già tanti della sua età. Tutti con la stessa motivazione: pausa di riflessione. La collega, per discrezione, si limitava sempre ad annuire senza chiedere altro.

L'alloggio era spartano. Un letto con il comodino e una piccola lampada, un armadio e una sedia con uno scrittoio. Tutto nel classico stile militare di una volta. Anche le coperte erano ancora quelle in dotazione all'esercito. I bagni e le docce erano in comune, cosa che aveva creato un certo imbarazzo per il resto degli ospiti.

Essendo quasi tutti agenti e sovrintendenti, si trovavano in difficoltà in quella situazione di forzata intimità con un loro superiore.

Anche per lui non era facile, ma ormai il rapporto con Francesca si era rotto. Non riuscivano più a comunicare. Incomprensioni, litigi, aspettative deluse, così aveva sentito il bisogno irresistibile di scappare. Qualche sera prima aveva messo in un borsone lo stretto necessario e si era chiuso la porta alle spalle.

Il fatto di poter avere quella stanza lo aveva aiutato. Chi si trova nella stessa condizione e fa altri lavori, prima di fare un passo del genere, si deve chiedere dove andrà e se potrà permettersi di pagare un nuovo posto in cui stare. Casabona, e gli altri che erano passati prima di lui, avevano questo vantaggio. Una specie di paracadute per un atterraggio morbido che, però, nel tempo poteva trasformarsi in una comoda e squallida abitudine.

La famiglia affiatata che gli era passata sotto gli occhi gli aveva ricordato, all'improvviso, tutto quello che aveva perso.

Aveva ripreso a piovere. La fredda pioggia di novembre. Come quella della canzone dei Guns N' Roses che piaceva tanto anche a lei.

A volte ho bisogno di un po' di tempo... per conto mio
A volte ho bisogno di un po' di tempo... da solo
Tutti hanno bisogno di un po' di tempo... per conto loro
Non sai che hai bisogno di un po' di tempo... da sola?
E quando le tue paure si placano
e le ombre rimangono ancora
so che puoi amarmi
se non rimane più nessuno da incolpare
per cui non importa l'oscurità
possiamo ancora trovare una via
perché niente dura per sempre
nemmeno la fredda pioggia di novembre.

La malinconia, come una cravatta troppo stretta, gli aveva tolto il respiro, fino a fargli dimenticare la donna morta ancora in attesa di un nome.

Fu l'ispettore Proietti a riportarlo alla realtà. Entrò nel suo ufficio con l'atteggiamento compiaciuto che assumeva quando aveva scoperto qualcosa di interessante.

«Posso disturbarti, Tommaso?»

«Certo Fabio, dimmi pure. Ci sono novità?»

«Mi ha chiamato il sovrintendente Bini. Abbiamo avuto un bel colpo di fortuna. Sono andati a parlare con il proprietario del bar emporio di Pulica. Stamattina alle sei si trovava all'interno per preparare i cornetti, come fa tutti i giorni. Una ventina di minuti dopo ha sentito un rumore provenire dalla cabina telefonica e ha dato uno sguardo dalle grate della saracinesca. Ha visto allontanarsi un uomo. Lo ha riconosciuto senza ombra di dubbio. Si chiama Loris Manti.»

«Sappiamo qualcosa in più su di lui?» chiese Casabona.

«A suo dire, dovrebbe avere circa trentacinque anni. Appartiene alla comunità degli "Elfi". È sicuro che fosse lui perché lo incontra spesso quando viene a comprare sale, riso e candele. Dice che ha un modo di camminare inconfondibile, a gambe larghe, tipo cowboy.»

La felicità per l'inaspettato colpo di fortuna si scontrò subito con le difficoltà che si sarebbero dovute superare per rintracciare quella persona. La comunità degli Elfi aveva scelto di vivere a contatto con la natura, rinunciando a tutte le comodità della vita moderna. Si erano insediati nei boschi di quella parte dell'Appennino, trasformando vecchi ruderi abbandonati in case adatte al loro stile di vita. Senza strade, elettricità, gas. Per cucinare e riscaldarsi utilizzavano il fuoco a legna, la sera accendevano delle candele.

Casabona aveva, comunque, ripreso tono. Si alzò in piedi.

«Allora mi sa che dobbiamo andare a parlare con questo signor

Loris Manti, vediamo se ha qualcos'altro da dirci. Avvisa Bini, Marinelli e Guerra, digli di aspettarci al bar di Pulica. Li raggiungeremo lì.»

«Il problema sarà ritrovarlo in mezzo a quei boschi» aggiunse l'ispettore Proietti.

Casabona non si lasciò scoraggiare.

«Chiamo il comandante della Forestale, gli chiedo di farci affiancare da una loro pattuglia che conosca bene la zona. Prendi la Jeep e ci muoviamo, alle diciassette fa buio lassù.»

5

Un'ora dopo il gruppo era pronto a partire. Si erano divisi su due fuoristrada: la Land Rover con i due uomini della Forestale, dove erano saliti anche Proietti e Marinelli, seguito dalla jeep della questura con Casabona, Bini e Guerra.

La jeep era stata sequestrata durante un'operazione antidroga e assegnata alla squadra mobile per i servizi investigativi. Il precedente proprietario, un narcotrafficante albanese, la usava per trasportare eroina dal suo paese. All'interno del ruotone di scorta riusciva a nasconderne anche cinque chili per ogni viaggio.

In auto si poteva arrivare fino a una radura nei boschi a circa ottocento metri di altezza. Per raggiungere il villaggio dove abitava Loris Manti, bisognava lasciare i mezzi e farsi una camminata di altri due chilometri seguendo un antico sentiero tra gli alberi.

Sulla strada sconnessa e fangosa che portava alla radura, guidava la jeep l'assistente Guerra. Appassionato di caccia, conosceva la zona ed era l'unico in grado di stare dietro all'esperto autista della Forestale senza ribaltarsi nelle buche.

Lasciati i veicoli, si avviarono a piedi in fila indiana.

L'aria aveva l'odore del muschio selvatico e il sapore del legno umido. Fredda ma piacevole sul volto, come una spruzzata di acqua di colonia dopo la rasatura.

I passi pesanti della colonna calpestavano le foglie morte impastandole nel terreno. L'alito si condensava in nuvole di vapore che si inseguivano verso l'alto, fino a perdersi. Nessuno parlava.

Ogni tanto si udivano in lontananza lo scroscio di piccoli rigagnoli d'acqua, il brusio delle fronde degli alberi scapigliati da folate di vento, i versi nervosi degli uccelli. In mezzo, il silenzio. Un silenzio soffice e avvolgente. Il respiro della natura che si addormentava alle soglie dell'inverno.

Percorrendo il sentiero, prima di arrivare al villaggio, incontrarono tre costruzioni in pietra poste a qualche centinaio di metri l'una dall'altra.

Si trattava di antichi essiccatoi per castagne. Una grande stanza con le pareti annerite dal fumo, divisa in due da una specie di soppalco che ricavava un secondo ambiente interno. Erano state riadattate alla meglio per abitarci.

In genere ci stava una sola persona, al massimo due, con sacco a pelo e pochi effetti personali. Vivevano ai margini della comunità degli Elfi. Venivano tollerate ma non completamente integrate. A volte perché loro stesse avevano scelto di stare in solitudine per condurre una vita da eremita, altre perché si trattava di personaggi equivoci. Gente che scappava da qualcosa, che cercava una libertà che mal si adattava anche alle poche regole di una comunità basata sul reciproco aiuto. In genere non rimanevano a lungo. Le prime nevicate e il freddo dell'inverno li faceva riflettere sulle mille difficoltà di quello stile di vita e così se ne ritornavano a valle. Magari a dormire in qualche dormitorio pubblico o nelle stazioni ferroviarie.

Controllarono tutte le costruzioni. Non sapendo chi si sarebbero potuti trovare davanti, si avvicinarono con la massima prudenza, seguendo le tecniche previste per quel tipo di operazione. L'assistente Guerra rimase in copertura con l'arma lunga, la mitraglietta M12, pronto a rispondere a eventuali minacce dalla parte alta dell'edificio. Il sovrintendente Bini e l'Ispettore Proietti si posizionarono sul retro per bloccare un'eventuale fuga. All'assistente

Marinelli, invece, spettò il compito di fare irruzione dalla porta. Era il più giovane. Ex lagunare, esperto in tattiche di guerriglia, sapeva come muoversi. Era una garanzia per quel tipo di intervento.

Le porte ricavate da vecchie assi di legno grezzo non avevano sistemi di chiusura, erano semplicemente appoggiate al battente e agganciate con del fil di ferro a un chiodo ricurvo.

Solo una delle casette era abitata, in quel periodo, da una ragazza di circa vent'anni, con il viso paffuto e le guance rosse. Era seduta su una panca malferma sotto la finestra, vestita con un pesante maglione rosso di lana, pantalone imbottito e scarpe da trekking. Non disse nulla. Li osservò entrare da sotto un cespuglio di capelli neri, sporchi e arruffati, mentre scriveva qualcosa su un block-notes. Alzò semplicemente la testa e aspettò che a parlare fossero gli ospiti inattesi.

Le chiesero chi fosse e perché si trovasse in quella casa.

La ragazza era spagnola. Catalana, per la precisione. Aspettava il ritorno del suo compagno di viaggio che era sceso in paese a comprare cibo e candele.

Nel tanfo che si respirava nella stanza, si riusciva a distinguere l'odore di marijuana proveniente da un paio di piantine lasciate a essiccare in un angolo. Casabona e Marinelli si scambiarono uno sguardo e si capirono al volo. Meglio far finta di non vedere. Non erano lì per impelagarsi nel sequestro di qualche grammo di droga, con tutto il tempo che gli avrebbe portato via. Stavano indagando su un omicidio.

Si limitarono a controllare il passaporto e lo zaino della ragazza. Telefonarono in questura, passarono le sue generalità per verificare che non fosse ricercata per qualche motivo e poi se ne andarono, scusandosi per il disturbo.

Passarono rapidamente oltre e arrivarono al villaggio.

In realtà, si trattava di un antico paesino dell'Appennino tosco-emiliano, risalente al Seicento e raggiungibile solo a piedi. Dalla fine della Seconda guerra mondiale era stato completamente abbandonato. La natura se ne stava riappropriando, fagocitandolo nella folta vegetazione. Negli anni Ottanta vi si era insediato un gruppo di giovani che aveva scelto di vivere in completa armonia con la natura, rinunciando alle comodità dell'era moderna. L'avevano ribattezzato il "Gran burrone", che nel libro di Tolkien *Il signore degli anelli* è l'ultima casa ospitale prima delle "terre selvagge", ovvero la società consumistica dalla quale fuggivano.

All'ingresso del borgo incontrarono due bambini che giocavano a rincorrersi in un prato e una donna che stava dando del fieno a un asino in un recinto. Si presentarono e le dissero che stavano cercando Loris Manti. La donna li accompagnò davanti a un grande locale e disse di aspettarla lì mentre andava a cercarlo. Entrarono solo Casabona, Proietti e Bini. Tutti gli altri rimasero fuori.

6

La sala era un ambiente comune con due tavoloni e un grande camino. Era lì che si incontravano i membri del gruppo per discutere tra loro oppure semplicemente per passare del tempo insieme nelle lunghe sere d'inverno. C'erano una libreria con alcuni volumi e dei disegni appesi al muro. Su una bacheca avevano attaccato dei fogli con notizie di interesse comune che riguardavano i lavori agricoli, gli approvvigionamenti, le feste.

Tra questi ce n'era uno che richiamò l'attenzione di Casabona. Non era un vero e proprio avviso, si trattava di un brano tratto dal libro di John Lane *Elogio alla Semplicità*. Raccontava l'incontro di un uomo d'affari con un pescatore:

Un uomo d'affari vide con fastidio che il pescatore, sdraiato accanto alla propria barca, fumava tranquillamente la pipa.

"Perché non stai pescando?" domandò l'uomo d'affari.

"Perché ho già pescato abbastanza pesce per tutto il giorno."

"Perché non ne peschi ancora?"

"E cosa ne farei?"

"Guadagneresti più soldi. Allora potresti avere un motore da attaccare alla barca per andare al largo e pescare più pesci. Così potresti avere più denaro per acquistare una rete di nailon, e avendo più pesca avresti più denaro. Presto avresti tanto denaro da poterti comprare due barche o addirittura una flotta. Allora potresti essere ricco come me."

"E a quel punto cosa farei?"
"Potresti rilassarti e goderti la vita."
"Cosa credi che stia facendo ora?"

Quelle parole sembravano la risposta a tutte le possibili domande sul perché di una scelta di vita così radicale, messa lì a disposizione degli ospiti affinché ci pensassero bene prima di fare domande stupide.

Dopo qualche minuto la donna tornò, accompagnata da due uomini con barbe e capelli lunghi.

Il più giovane era di sicuro la persona che cercavano. Il gestore del bar emporio di Pulica aveva ragione, quel modo di camminare era inconfondibile. Sembrava uscito da un film di Sergio Leone, gli mancavano solo gli speroni e il cinturone con la pistola.

I rapporti delle forze dell'ordine con la comunità che viveva nei boschi non erano mai stati facili. Si basavano su una reciproca diffidenza che, in alcuni periodi, era sfociata in una vera e propria conflittualità. Appartenevano a due mondi che facevano fatica a comprendersi. Uno aveva elevato a valore un concetto di libertà che a volte sconfinava nell'anarchia, l'altro trovava la sua ragion d'essere nel rispetto assoluto della legge e delle regole. Così, pregiudizi e generalizzazioni li avevano collocati su due sponde diverse: quella degli *sbirri* e quella delle *zecche*, i due nomignoli che si erano appioppati a vicenda. Perciò fu assolutamente normale che si guardassero in cagnesco, assecondando il ruolo che dovevano interpretare. Non si salutarono e non ci furono convenevoli.

Il più anziano aveva circa cinquant'anni, capelli bianchi e barba brizzolata, magro e leggermente curvo. Fu il primo a parlare.

«Che cosa volete?» disse con il tono infastidito di chi ha ricevuto una visita sgradita.

Casabona tacque, così Proietti capì che toccava a lui rispondere.

Avrebbe dovuto preparare il terreno al suo capo, dandogli il tempo di capire che tipo di persona avessero di fronte e quale fosse l'approccio giusto da utilizzare.

«Cerchiamo un certo Loris Manti, ci risulta che abiti da queste parti.»

«Ammesso che sia veramente qui da noi, si può sapere perché lo cercate?» continuò quello che doveva essere una specie di leader del villaggio.

«Abbiamo bisogno di parlare con lui. Dobbiamo fargli qualche domanda.»

«E c'era bisogno di venire con un esercito per parlare con una persona?»

Bastarono queste poche battute perché Casabona capisse che sarebbe stato meglio tenere un atteggiamento non invasivo, se ci si voleva aspettare un minimo di collaborazione. Vestirsi di autorità e andare allo scontro non sarebbe stata la strategia migliore. E poi lui non aveva nulla contro quella gente. Anzi, era incuriosito dalle loro idee e provava un profondo rispetto per la loro scelta di vita. Anche se, come era emerso da alcune indagini, non era tutto così limpido e puro come voleva sembrare. Neppure quell'ambiente era immune dalle invidie, dai tradimenti e dalle bugie che spesso appartengono alla specie umana. Del resto non c'era nulla di cui meravigliarsi considerando che persino nella ristretta cerchia degli apostoli di Gesù trovò posto uno come Giuda.

Così decise di intervenire. Si presentò e porse la mano al suo interlocutore. Si chiamava Cristiano Bianchi ed era l'anziano del villaggio, uno dei fondatori.

«Signor Bianchi, mi creda, non siamo venuti per crearvi disturbo. Avremmo fatto volentieri a meno di salire a piedi fin quassù. Anzi, le dispiace se ci sediamo un po'? Non siamo abituati a queste scalate.»

Bianchi fece un cenno di assenso e si sedette per primo, seguito da Casabona e Proietti che si accomodarono di fronte a lui dall'altra parte del lungo tavolo. Bini e l'uomo più giovane restarono in piedi.

Il commissario riprese a parlare con lo stesso tono accomodante di poco prima:

«Questa mattina abbiamo trovato il cadavere di una giovane donna, uccisa e abbandonata nuda sotto il ponte di Campanelle. La segnalazione è arrivata da una cabina telefonica di Pulica. Anche se l'uomo che ha chiamato non ha voluto fornire le proprie generalità al nostro centralinista, sappiamo con certezza che si chiama Loris Manti. Potremmo farci mandare una foto e cercarlo in tutte le case. Per stanarlo potremmo chiamare cani, elicotteri, nuclei specializzati nei rastrellamenti in Aspromonte o nella Barbagia. Ma perché? A cosa servirebbe tutto questo casino? Tra persone ragionevoli ci si può capire. Vogliamo solo chiedergli se può dirci qualcosa di più sul ritrovamento del cadavere. Domandargli se ha visto qualcosa di sospetto. Tutto qui. Signor Bianchi, si tratta dell'omicidio di una povera ragazza. Un fatto vergognoso, sono sicuro che anche voi la pensiate allo stesso modo».

«Sono io Loris Manti» disse il giovane con il passo da cowboy, che fino a quel momento era rimasto in silenzio. Poi si sedette al fianco di Bianchi.

Avrà avuto circa trent'anni anni, non di più. Il viso scavato e la barba biondiccia, come i capelli. Fissò Casabona con i suoi occhi azzurri, poi continuò:

«Stamattina, poco prima dell'alba, stavo rientrando a casa dopo aver passato la notte al "Piccolo burrone" per la festa della luna piena. Ho visto il corpo di quella donna, buttato come un sacco di rifiuti sotto al ponte dove passa il sentiero per il bosco, quindi sono corso alla prima cabina telefonica e vi ho chiamati. Non saprei che altro dirvi».

«Ha fatto bene a chiamarci, anzi la ringrazio per questo» disse Casabona. Poi aggiunse: «Non ha notato nient'altro? Qualcosa di strano, di sospetto…»

«No» fu la risposta secca e infastidita.

«Signor Manti, mi scusi se insisto, ma sono stato sul luogo del ritrovamento del corpo e ho visto che il sentiero passa a una distanza di almeno cinquanta metri. Va bene che c'era la luna piena, ma come ha fatto a notarlo da così lontano?»

Si intromise Bianchi, rivelando la sua autorevolezza. «Loris, se sai qualcosa parla. È morta una povera ragazza.»

Per qualche secondo rimasero tutti zitti, mentre Manti fissava a testa bassa un punto indefinito del tavolo. Poi ruppe il silenzio.

«C'era un'auto con i fari accesi. Ho visto salire una persona alla guida, ha fatto retromarcia, è ritornata sul sentiero e poi si è allontanata verso la statale. Non mi ha notato perché mi sono nascosto dietro alcuni cespugli. Mi sono incuriosito e sono andato a vedere. Il resto ve l'ho già detto.»

Bianchi gli lanciò un'occhiata severa.

«Scusami Cristiano, avevo paura di restare impelagato in questa storia. Si sa come sono questi della polizia, quando non riescono a scovare il colpevole se la prendono con chi ha trovato il cadavere» si scusò Loris Manti.

Casabona continuò a dimostrarsi comprensivo.

«Non si preoccupi, capisco il suo timore. È giustificabile. Mi dica qualcosa di più sull'auto che ha visto e sulla persona che la guidava.»

«Era una macchina di grossa cilindrata, una di quelle belle auto di lusso. Lunghe, con il bagagliaio. Come si chiamano… station wagon. Era di colore nero. Della persona alla guida ho visto solo la sagoma da lontano. Quando l'auto si è avvicinata, avevo i fari puntati contro. Non saprei cos'altro dirvi. Mi creda.»

«Signor Manti, faccia uno sforzo per ricordare qualche particolare. Ci sarebbe molto utile» lo incitò ancora Proietti.

Il giovane si fermò un attimo a riflettere, poi aggiunse:

«La macchina aveva dei cerchi incrociati dietro al cofano, come quelli delle Olimpiadi».

«Il marchio dell'Audi» esclamò Stefano Bini. «È un'Audi station wagon nera.»

Tutta la fatica affrontata per arrivare lassù aveva trovato una giustificazione. Casabona avrebbe voluto abbracciare Loris Manti e dargli un paio di baci sulle guance, ma si limitò ai ringraziamenti di circostanza.

«Grazie mille signor Manti, ci è stato veramente d'aiuto. È valsa la pena venire a parlare con voi. Ora abbiamo qualcosa. Non è molto, ma è meglio di niente. Mi dica ancora una cosa: ha toccato o mosso qualche oggetto? Abbiamo bisogno di saperlo per escludere sue eventuali impronte rinvenute sulla scena del crimine» chiese ancora Casabona.

«No, non ho toccato nulla. Non mi sono avvicinato a meno di due metri. Appena ho capito di cosa si trattava, sono scappato a telefonare.»

«Bene. Ora le chiedo un'ultima cortesia: deve venire con noi in questura perché dobbiamo scrivere tutto quello che ci ha detto e farle fare un'individuazione fotografica del marchio dell'auto. Può venire anche lei, Bianchi, così magari ci aiuterete a ritrovare le nostre auto nella radura... Sta per fare buio e se non ci accompagnate rischiamo di perderci.»

Loris Manti non rispose, si limitò a guardare il suo amico che disse: «Va bene, andiamo».

7

Andrea Bellini si era messo subito all'opera. Aveva scandagliato gli archivi informatici dove venivano memorizzati i controlli della polizia, della Motorizzazione e dell'ACI alla ricerca di tutte le Audi station wagon nere che circolavano in provincia di Valdenza.

Quando si dovevano effettuare accertamenti di natura tecnica, ci si rivolgeva sempre a lui. Non possedeva una particolare qualifica che giustificasse quel ruolo, semplicemente era quello che ne capiva di più.

Con il progredire delle tecnologie, in tutti gli uffici di polizia si è attivato un meccanismo di selezione naturale attraverso il quale, nel tempo, si sono autodefinite delle figure professionali diventate indispensabili nelle indagini moderne. Agenti come gli altri che, per attitudine e passione, hanno imparato a dominare quei mostri sconosciuti comparsi sulle scrivanie al posto delle macchine da scrivere, della carta carbone e del bianchetto.

Bellini era uno di questi. Fisico massiccio, capelli rasati a zero e volto rotondo. Non aveva studi tecnici alle spalle, anzi si era diplomato al liceo scientifico, ma con i computer ci sapeva fare. Si teneva costantemente aggiornato sull'evoluzione dei sistemi. Aveva pazienza ed era capace di passare ore davanti a un monitor, però alla fine il risultato era garantito.

In quel caso, il prodotto del suo lavoro fu una lista di novantasette targhe che l'ispettore Proietti andò subito a portare a Casabona appoggiandola sulla sua scrivania.

«Da dove iniziamo, Tommaso?»

Il commissario diede una prima occhiata veloce alla lista. Poi, per darsi il tempo di stabilire un sistema di lavoro, lesse tutti i nomi soffermandosi su alcuni di essi.

«Dobbiamo creare un sistema di *rating*. Tramite il collegamento con l'anagrafe, stamperemo un certificato di stato di famiglia per ogni intestatario. Poi controlleremo i precedenti penali degli intestatari e dei loro familiari che abbiano un'età compresa tra i venti e i sessant'anni. Daremo un punto a chi non è sposato oppure è separato o divorziato. Un punto a chi è pregiudicato, che diventano due se i precedenti sono per reati contro la persona e tre se sono per reati a sfondo sessuale. Un punto agli uomini e mezzo punto alle donne. Un punto per un'età dai venti ai trenta, due punti dai trenta ai cinquanta e un punto dai cinquanta ai sessanta. Aggiungeremo un bonus di un punto per chi è stato sorpreso con prostitute oppure all'interno di night e locali di lap dance. Inizieremo i controlli partendo dalla cima della classifica.»

Proietti si sforzò di seguire il ragionamento ma si perse sui criteri per l'attribuzione del punteggio. Se li fece ripetere e prese appunti da condividere anche con gli altri della squadra in modo da dividersi il lavoro.

Casabona lo trattenne sulla porta.

«Gli accertamenti sulle denunce di persone scomparse hanno dato qualche risultato?»

«Tutto negativo. Ho fatto chiamare anche le questure delle province limitrofe e i comandi provinciali dei carabinieri, ma non ci sono state denunce compatibili con la donna uccisa. Tu chi pensi possa essere? Ti sei fatto un'idea?»

«Considerando il luogo del ritrovamento e le condizioni del corpo, temo sia una ragazza dell'Est. Una prostituta o una ballerina di night. Le trattano come oggetti di cui ci si può disfare in ogni momento, quelle poverette. Esseri umani di serie B. Quando nella testa di uno psicopatico matura l'idea di ammazzare qualcuno, la prima cosa a cui pensa è quasi sempre una prostituta. Come se fosse una cosa lecita sfogarsi su di loro, quasi se lo meritassero di dover pagare due volte per i peccati degli altri. Ma in questo caso non credo che l'assassino sia uno psicopatico. Non ha infierito sulla vittima, non ha tratto piacere dal suo dolore. Potrebbe trattarsi di un'esecuzione, di una punizione decisa da qualche sfruttatore per dare l'esempio. Ma sono tutte congetture, Fabio. Dobbiamo trovare qualcosa di concreto per fare ragionamenti che abbiano veramente un senso.»

«Certo, hai ragione» confermò l'ispettore Proietti. «Degli Elfi che ne facciamo?» chiese ancora.

«Se vogliono ritornare su in montagna, falli accompagnare fino a dove si può arrivare con la macchina. Digli di uscire dal garage. Non voglio che li veda qualcuno. Le voci girano e se dovessero arrivare all'orecchio della stampa partirebbe subito la pista "elfica".»

I giornalisti fremevano nell'attesa di notizie più precise sull'omicidio della ragazza. Casabona e il questore li avevano incontrati in conferenza stampa a mezzogiorno, ma non potevano dirgli ciò che non sapevano nemmeno loro. Erano stati piuttosto evasivi, cercando di dare l'idea che la mancanza di dettagli fosse dovuta a esigenze di riservatezza in quella fase delle investigazioni piuttosto che alle difficoltà che stavano affrontando. Sapevano bene entrambi che il trucco avrebbe funzionato per poco. Al massimo sino al giorno dopo. Poi la pressione sarebbe stata insostenibile e avrebbero dovuto ammettere che ancora non si conosceva l'identità della vittima. Perciò bisognava sbrigarsi. Era una corsa contro il tempo.

«Datevi da fare con questi approfondimenti, Fabio. Io vado dal questore per metterlo a conoscenza delle ultime novità e poi esco a cena in centro. Mi aspetta mia figlia. Tornerò tra un paio d'ore per mettere a punto la lista in modo che si possa partire con le verifiche. Ci divideremo gli obiettivi. Domani mattina voglio tutti in ufficio. Impiegheremo il maggior numero di pattuglie possibile.»

8

Il questore era seduto dietro la sua scrivania con il consueto abbigliamento del rientro pomeridiano. Durante la mattinata indossava sempre l'abito con la cravatta, quando riscendeva dal suo appartamento, dopo la pausa per il pranzo, se non erano previsti altri impegni istituzionali preferiva portare dei comodi maglioncini blu di cashmere.

Stava scorrendo sul monitor del computer le notizie delle agenzie e dei siti web d'informazione sull'omicidio della ragazza senza nome. Quando vide entrare il commissario lo accolse con il suo particolare modo di fare, che era un mix indefinito di benevola ironia e sarcasmo. Gli si parò di faccia facendo fare un mezzo giro alla poltrona in pelle nera sulla quale era seduto.

«Che piacere rivederla dottore, ormai ero convinto che si fosse perso nei boschi. Stavo anche organizzando una spedizione di ricerca per venirla a trovare.»

Casabona ormai si era abituato a questo atteggiamento e ne comprendeva anche le ragioni. Come tutti i questori, che prima di occupare quel ruolo erano stati a loro volta funzionari con ruoli operativi, soffriva la distanza dal centro dell'indagine. Distanza che si traduceva inevitabilmente in un ritardo sulle informazioni e nell'impossibilità di poter influire in tempo reale sulle scelte investigative. Un senso di insoddisfazione che, spesso, si trasformava nella pretesa di una comunicazione tempestiva delle notizie.

«Signor questore, siamo tornati da poco. Mi sono preso solo il tempo di finire di trascrivere la testimonianza dell'uomo che ha fatto la telefonata anonima e di fare i primi accertamenti sull'Audi station wagon nera.»

Sentendo quelle ultime parole, il questore si irrigidì.

«Quale Audi station wagon nera? Questo dettaglio, che non mi sembra di poco rilievo, è la prima volta che lo sento.»

Casabona rimase tranquillo. E gli risultò anche abbastanza facile, vista la stanchezza che aveva accumulato a quell'ora e tutti i pensieri, anche personali, che gli giravano per la testa. Si sedette davanti alla scrivania senza chiedere il permesso.

«Infatti, signor questore, si tratta di un dettaglio emerso poco fa proprio dalle dichiarazioni della persona che ha fatto la segnalazione. Ha riferito di aver notato un'auto station wagon di colore nero che, dopo aver scaricato il cadavere, si è allontanata dal posto. Non ha visto la targa, né chi c'era alla guida, però ha riconosciuto lo stemma dell'Audi. Dalle banche dati abbiamo tirato fuori novantasette Audi station wagon nere che girano nella provincia di Valdenza. I miei uomini stanno controllando tutti gli intestatari e i loro familiari per fare una lista di persone sospette sulle quali inizieremo a lavorare domani mattina.»

«Ecco, finalmente una buona notizia. Sono ottimista, ho la sensazione che siamo sulla strada giusta.»

Casabona si alzò dalla poltrona per salutare e andare via. Il questore lo bloccò con un cenno della mano aperta con il quale lo invitò a restare seduto.

«La prego, resti ancora un attimo. Non vorrei apparire invadente entrando in questioni della sua vita privata, ma devo chiederglielo: per il resto va tutto bene?»

«Va tutto bene, signor questore.»

«Ho saputo che da qualche giorno si è trasferito in una stanza degli alloggi della questura. Ho firmato l'autorizzazione alla concessione del posto letto, ma vorrei capire se non abbia bisogno di prendersi un periodo di ferie. C'è piombato addosso questo omicidio e lei è già sotto pressione... Se le dovesse servire una pausa, le verrò incontro come meglio ritiene. Vuole prendere qualche giorno di riposo?»

Il commissario provò imbarazzo nell'affrontare quell'argomento. Cercò di uscirne rapidamente.

«Signor questore, la ringrazio perché capisco che vuole aiutarmi ma, glielo ripeto, sono in grado di gestire la situazione. Anzi, se in questo periodo il lavoro mi tiene impegnato più del solito, non può che farmi del bene. Ho meno tempo per pensare ad altro.» Poi concluse senza dargli tempo per replicare. «Mi scusi se sono così sbrigativo, ma avrei bisogno di assentarmi per qualche ora, mi aspetta mia figlia a cena. Domani mattina le farò sapere l'esito delle indagini sull'Audi.»

Il questore non aggiunse altro. Si alzò e lo accompagnò alla porta, salutandolo con una stretta di mano e una pacca sulla spalla.

9

Il ristorante si trovava nel dedalo di viuzze che circonda una delle piazze più vissute del centro storico di Valdenza: piazza della Sala o, più semplicemente, la Sala. Di giorno affollata per il mercato, di sera per la presenza di tanti locali dove intrattenersi in compagnia degli amici con un buon bicchiere di vino o di birra.

L'appuntamento con Chiara era al pozzo del Leoncino. Casabona arrivò con qualche minuto di ritardo e la trovò già lì, in mezzo a tanti altri giovani che si erano incontrati per l'aperitivo serale. Infagottata in un cappotto nero, portava anche uno scaldacollo grigio chiaro e un cappellino di lana per proteggersi dal freddo umido che era calato sulla città.

Raggiunsero il ristorante e si sedettero a un tavolo nell'angolo, quasi nascosto dietro un'antica colonna in pietra serena. Ordinarono tagliata di manzo con rucola e grana e una bottiglia di Chianti delle colline del Montalbano.

Il locale era tra i più antichi di Valdenza. Aveva conservato l'architettura interna del vecchio palazzo. Le mura in pietra, i pavimenti in cotto e il soffitto con le travi di legno a vista. Non c'era ancora molta gente. L'atmosfera era ideale per rilassarsi un po' dopo una giornata come quella.

Casabona raccontò a sua figlia della donna uccisa, delle indagini e della visita agli Elfi, poi gli argomenti divennero più confidenziali.

«Come va con Massimo? Riuscite a vedervi?»

Chiara, dopo aver concluso il dottorato a Barcellona sulla psicologia della devianza e della criminalità, era rientrata in Italia e aveva ottenuto un contratto come ricercatrice universitaria a Milano. L'ispettore Massimo Lucchese, invece, guarito da una coltellata alla spalla rimediata in servizio, era stato assegnato alla squadra mobile di Firenze. Così un bel po' di chilometri si erano intromessi tra i due.

«Sì, ci vediamo nel fine settimana. Quando può, è lui che viene su a Milano in treno.»

«Quindi tutto bene?»

Chiara sorrise.

«Sì, tutto bene papà. Da come lo dici, sembra quasi che avresti preferito sentire il contrario. Sei forse geloso?»

«Ma no, figurati. È che sono troppo apprensivo. Ho paura che tu possa soffrire. Si può stare molto male anche per le questioni di cuore.»

«Ogni riferimento a persone o cose realmente esistite è puramente casuale?»

Anche Casabona sorrise.

«Non parlavo per me, io ormai sono vecchio, da questo genere di cose ho già preso quello che dovevo.»

«Ah sì? Perché passata una certa età non fa più male?»

«Non volevo dire questo. Fa sempre male, ma si è più abituati al dolore. Il fallimento non ti coglie impreparato, ecco. Le aspettative con il tempo si ridimensionano. Le delusioni accumulate nella vita ti preparano, come una specie di vaccino. Così, quando arriva il tuo turno, ti metti a letto e aspetti che passi, come un'influenza.»

«E passa, papà?» chiese guardandolo negli occhi, come per dire: "sii sincero".

Non rispose subito. Buttò giù un paio di sorsi di vino, si pulì la bocca con il tovagliolo. La guardò ancora per qualche secondo.

«Tutto bene a casa? Snaus come sta?»

Chiara capì e non chiese altro. Provò anche un leggero imbarazzo per aver lambito così da vicino l'intimità di quello che era pur sempre suo padre. Colse al volo la via d'uscita che le era stata offerta.

«Sta bene, adesso sta cambiando il pelo. Abbiamo la casa piena.»

«Come al solito.»

«Sai che ieri è tornato anche Alessandro? Resterà a casa per almeno un mese.»

«Quindi stavate aspettando che andassi via io per ritrovarvi tutti. Avete organizzato anche una festa?» scherzò il commissario.

«Certo, però abbiamo pensato di invitare anche te. Per questo sono qui stasera. Che ne dici?»

«Ti ha mandato lei?»

«No, era solo una battuta.»

Finirono di cenare parlando d'altro. Poi Casabona l'accompagnò alla macchina.

«Ti serve qualcosa, papà? Abiti… biancheria…»

«Questo è sicuro che te lo ha suggerito lei.»

«Già, questo sì.»

«Allora dille che so badare a me stesso, se fosse stata ancora interessata a me avrebbe avuto altri modi per dimostrarlo in questi ultimi mesi.»

Chiara si rattristò.

«È così grave la situazione, papà?»

«Grave è un termine che si usa per altre cose. Diciamo che abbiamo bisogno di capire. Noi non siamo fatti per vivere nell'ipocrisia, per salvare le apparenze. Ce lo siamo sempre detto. Fingere che vada tutto bene, parole e sorrisi di circostanza e poi silenzi, indifferenza… non fa per noi. È vero, la maggior parte delle coppie col tempo finisce per adattarsi a situazioni del genere. La convivenza diventa un'abitudine che per pigrizia si evita di mettere in discussione. Perché poi bisogna pagare gli avvocati, cercarsi una nuova casa, fare i pacchi per il trasloco. Tutte cose stressanti che non sempre ci possiamo permettere. Meglio far finta di nulla e girarsi dall'altra parte. Casomai farsi una nuova vita che l'altro finge di non vedere, come per un tacito accordo di reciprocità. No, quello che siamo stati non merita questo squallore. Se è finita è finita. Meglio celebrare un bel funerale che tenere il morto in casa con tutto il fetore che emana.»

«Va bene, però cercate di rimanere in buoni rapporti.»

«Su questo ci puoi contare.»

Si salutarono abbracciandosi e scambiandosi un bacio sulle guance.

10

La riunione operativa si tenne alle nove del mattino seguente nella sala conferenze della questura. Andrea Bellini aveva lavorato tutta la notte per scoprire chi utilizzava più di frequente le Audi station wagon nere. L'ispettore Proietti era arrivato in ufficio alle sei e con quei dati aveva stilato la lista secondo le indicazioni del commissario.

Erano già tutti seduti e scherzavano tra loro come una scolaresca di liceali al cambio dei professori quando Casabona entrò. Tornava dall'ufficio del questore, al quale aveva lasciato una copia della lista. Gli si leggeva in viso la tensione, perciò si zittirono tutti immediatamente. Con un solo sguardo aveva fatto capire ai suoi uomini che nella giornata che stava per iniziare non ci sarebbe stato tempo per giocare.

Si sistemò dietro il tavolo dove normalmente siedono i relatori, ma rimase in piedi per il suo discorso.

«Siete in quindici. Vi dividerete in cinque pattuglie da tre. A ognuna sarà assegnato un obiettivo. Uno dei cinque soggetti in cima alla lista compilata da Proietti. Rintracciateli, verificate se sono ancora in possesso dell'Audi station wagon nera e piazzateci un GPS. Così sapremo dove trovarla al momento opportuno. Attivate i vostri informatori, parlate con i vicini di casa. Cercate di sapere quanto più possibile su di loro. Che tipi sono, che lavoro fanno, che giri frequentano, che abitudini hanno. Io e l'ispettore

Proietti resteremo qui in attesa delle vostre notizie, sulla base delle quali decideremo chi verrà portato in ufficio per essere messo sotto torchio.»

Mentre parlava, Casabona si rese conto che Proietti stava cercando di attirare la sua attenzione.

«Che c'è Fabio? Parla pure.»

L'ispettore si alzò in piedi e con un certo imbarazzo espose il problema.

«Non le possiamo fare cinque pattuglie, non abbiamo auto a sufficienza.»

«Possono prendere anche la mia 156.»

«Con la sua arriviamo a quattro, dottore» rispose Proietti, dandogli del lei come faceva di solito in pubblico.

«Ma non avevamo cinque auto più la mia?»

«Una ce l'hanno ritirata perché aveva superato i duecentomila chilometri. La Punto bianca, invece, è in riparazione da un mese. Ha un problema al cambio e aspettano che venga approvato il preventivo per sistemarla. Ho provato a chiederne una in prestito all'amministrativa, ma mi hanno detto che non possono. Stamattina devono fare dei controlli» precisò l'ispettore, sempre più in difficoltà a trattare un simile argomento durante una riunione operativa.

«E tu la prendi lo stesso, poi ci parlo io con il questore. I controlli li faranno a piedi oppure li rimanderanno. Ci saranno pure delle priorità in questo lavoro, o no? Procedi ad assegnare gli obiettivi e muoviamoci, altrimenti passerà anche questa giornata senza che avremo concluso nulla» tagliò corto Casabona.

Proietti annuì. Si spostò vicino alla porta della sala e, man mano che uscivano i capipattuglia, consegnò loro una cartellina che conteneva tutti i dati sulla persona che avrebbero dovuto cercare.

Quando ebbe finito ritornò da Casabona. Voleva scusarsi per aver dovuto affrontare, alla presenza di tutti, il problema della carenza di auto.

Il commissario lo interruppe dopo le prime parole.

«Ma che c'è da scusarsi, Fabio? Vuoi che il personale non sappia in che condizioni sono i nostri mezzi? Sono loro che li usano. Non ti preoccupare, affrontare l'argomento quando siamo tutti insieme potrebbe persino spingerli ad averne più cura.»

Finì di parlare e guardò la porta, cambiando d'improvviso espressione.

Proietti si girò a guardare.

Stava entrando l'ispettore Trimboli con un fascicolo in mano.

«Porca miseria Fabio, mi ero dimenticato del cianoacrilato. Stai a vedere che stavolta hanno trovato qualcosa» disse tra i denti per non farsi sentire dall'ispettore della Scientifica.

Lui, invece, gongolava. Camminava leggero come se saltellasse sulla punta dei piedi e aveva un sorriso radioso che gli illuminava il volto appuntito e gli occhi furbi. Quello che viene dalla soddisfazione di aver raggiunto un traguardo.

«Hanno trovato un'impronta sulla tanica di benzina. Appartiene a un certo Luca Simoni, trentadue anni, qualche precedente per atti osceni e sfruttamento della prostituzione. Ho dato un'occhiata al suo fascicolo. È uno a cui piace fare la bella vita e spassarsela con le donne. Fa l'attore porno per una casa di produzione amatoriale. Frequenta night e club privé. Abita a Vettolini. Ecco, è tutto scritto qui» disse, passando il fascicolo al commissario.

Casabona nemmeno rispose. Rimase qualche secondo a bocca aperta per la meraviglia. Non riusciva a crederci. Poi si rivolse a Proietti.

«Blocca tutti. Digli di andarsi a prendere un caffè e restare in attesa di nuove disposizioni.»

L'ispettore uscì di corsa. Solo allora il commissario si riprese e diede una pacca sulla spalla a Trimboli.

«Bravi. Veramente bravi. Ero sicuro che ce l'avreste fatta.»

11

Luca Simoni abitava nel quartiere dei musicisti. La zona si chiamava così non perché fosse luogo di ritrovo di artisti o appassionati di musica, ma per via del fatto che tutte le strade portavano nomi di grandi compositori del passato. Infatti, lui viveva al secondo piano di una elegante palazzina in via Mascagni.

Alle undici del mattino di quella grigia giornata di novembre, sotto l'abitazione del sospettato, c'erano Casabona, Proietti, Bini, Giordano, De Marco, Ruocco, Marinelli e Guerra, pronti a entrare in casa.

Avevano tardato un po' per fare le cose per bene, a prova di avvocato. Gli indizi nei confronti di Simoni erano consistenti. La probabilità che fosse lui l'assassino era altissima. Non c'era solo l'impronta sulla tanica. Quella poteva anche esserci finita per caso. Poteva averla utilizzata in passato, prima che l'assassino ne entrasse in possesso. L'impronta diventava pesante come un macigno unita al fatto che Simoni possedeva un'Audi A4 station wagon nera e si trovava in cima alla classifica stilata secondo i criteri stabiliti da Casabona. Maschio, celibe, di età compresa tra i trenta e i cinquant'anni, pregiudicato per reati contro la morale pubblica, più volte trovato con prostitute e all'interno di night e locali di lap dance. Se fosse stato una squadra di calcio avrebbe vinto di sicuro lo scudetto.

Non si poteva rischiare di mandare tutto all'aria per qualche errore procedurale. Casabona, invece di precipitarsi a casa di Simoni per sfondare la porta e pronunciare la classica frase: *"fermi tutti, polizia"*, aveva preferito passare prima dal sostituto procuratore Boccuso. Con lui, che era titolare delle indagini, aveva concordato la linea da seguire, uscendone con un decreto di perquisizione e un decreto d'urgenza per attivare l'intercettazione di tutte le utenze telefoniche che aveva in uso l'indagato. Così l'operazione era stata blindata. Se anche non lo avessero trovato in casa, oppure se fosse riuscito a scappare, l'avrebbero potuto subito rintracciare.

Si disposero come si fa in questi casi: qualcuno sotto le finestre e i balconi, e tutti gli altri sul pianerottolo pronti a entrare. Quelli che salirono su, Casabona in testa, si fecero aprire citofonando a un nome a caso, con il pretesto di dover consegnare una raccomandata. Bloccarono l'ascensore e andarono a posizionarsi davanti all'appartamento di Luca Simoni. Per fortuna c'era la targhetta con il nome, così non corsero il rischio di sbagliare porta. Dall'abitazione di fronte si affacciò la signora che aveva risposto al citofono. Era una donna anziana, con i capelli bianchi arruffati e una lunga vestaglia di lana chiusa con una cinta sul ventre prominente. Si aspettava il postino con la raccomandata e si ritrovò davanti un gruppo di brutti ceffi armati di pistola. Per poco non svenne dalla paura. Casabona fece appena in tempo a mostrarle il tesserino e a rassicurarla pregandola di ritornare in casa e chiudersi dentro.

Iniziarono a suonare. Non rispose nessuno, né si sentivano rumori provenire dall'appartamento. Allora entrò in azione quello che la squadra chiamava *"il martello di Thor"*. Era un grosso martello per demolizioni sequestrato dal sovrintendente Stefano Bini a una banda di rumeni che rubava gli incassi delle slot machine nei bar. Gli era piaciuto tanto, così se l'era fatto assegnare per poterlo usare durante le irruzioni. Bastava un colpo ben assestato all'altezza della serratura, per aprire qualsiasi porta.

La storia della polizia è piena di pivelli che si sono fratturati la clavicola o la caviglia pensando di poter aprire una porta blindata con una spallata o con un calcio, come avevano visto fare nei telefilm americani. Chi aveva un po' di esperienza, invece, sapeva bene che la soluzione migliore era quella di utilizzare un buon martello. A volte nemmeno quello bastava, e bisognava affidarsi alla mola dei vigili del fuoco.

Quella mattina, però, fu sufficiente un colpo del sovrintendente Bini e la porta si aprì. Impiegarono pochi secondi per mettere in sicurezza tutti gli ambienti della casa. L'appartamento era composto da una stanza che faceva da ingresso, soggiorno e cucina, cui si aggiungevano una camera da letto, un bagno e un ripostiglio. Non più di cinquanta metri quadri in tutto, dove regnava il disordine. Sembrava un campo di battaglia. Del resto ci abitava uno scapolo, non ci si poteva aspettare la biancheria piegata e la cera ai pavimenti.

Luca Simoni non c'era.

Perquisirono con cura ogni stanza, ma non trovarono nulla di particolarmente interessante. Falli di gomma, vibratori, filmati porno e altri articoli da sexy shop a volontà, ma c'era da aspettarselo da uno che di mestiere faceva l'attore porno. Non c'erano, però, armi, droga, feticci riconducibili a episodi di violenza, strumenti di tortura o di costrizione fisica, sangue o altro che potesse far pensare che in quella casa ci fosse stato del dolore oltre che del piacere. Insomma, non era il classico rifugio di un serial killer. Luca Simoni, se aveva ucciso quella ragazza, o disponeva di un altro nascondiglio adibito a quel genere di cose, oppure lo aveva fatto in modo non organizzato.

A scanso di equivoci Casabona fece arrivare sul posto anche la Scientifica. Sia per acquisire campioni di DNA dagli effetti personali del sospettato, sia per effettuare una verifica con il *crimescope* alla ricerca di eventuali tracce di sangue non visibili a occhio nudo.

Mentre gli uomini della Scientifica, con le loro tute bianche, procedevano ai rilievi, Casabona e Proietti si dedicarono a quello che in gergo viene chiamato "porta a porta". Vennero, cioè, ascoltati tutti gli inquilini della piccola palazzina allo scopo di ricavare il maggior numero di informazioni su Luca Simoni. Sulle sue frequentazioni, sul suo carattere e sul modo di vivere.

Furono tutti concordi nel definirlo "uno sporcaccione". Prima fra tutte l'anziana signora dell'appartamento di fronte, che, grazie alla felice posizione dello spioncino sulla sua porta, era in grado di riferire in modo preciso e dettagliato gli ultimi anni di vita del sospettato. Solo la casalinga quarantenne che viveva nell'attico sopra il suo appartamento, dopo un momento di imbarazzo iniziale alla domanda "conosce il signor Luca Simoni?", non ne parlò male.

Le informazioni di cui era in possesso l'anziana dirimpettaia erano talmente precise che fornirono anche lo spunto per dare un nome alla donna uccisa. Disse che, negli ultimi giorni, lo aveva visto entrare e uscire con una ragazza giovane e molto carina. Portava i capelli neri a caschetto e aveva dei bellissimi occhi azzurri. L'aveva sentita chiamare Tania.

Casabona telefonò immediatamente ad Andrea Bellini, che era rimasto in ufficio a disposizione per gli approfondimenti tecnici e informatici. Gli chiese di cercare una donna di nome Tania tra gli intestatari di numeri di telefono nei tabulati che riportavano le chiamate in entrata e in uscita di Luca Simoni negli ultimi sei mesi, quindi di trovare informazioni su di lei.

Bellini richiamò dopo circa quindici minuti per riferire che la vittima si chiamava Tania Orlosky, aveva ventiquattro anni ed era ucraina. Faceva l'*entraineuse* in un night club di Vettolini. Stava da qualche mese in Italia e aveva dichiarato di alloggiare in un albergo della città. La foto sulla pratica depositata all'ufficio immigrazione della questura non lasciava dubbi: era lei la donna trovata morta sotto il ponte di Campanelle. Ed era lei la donna che frequentava Luca Simoni negli ultimi giorni: l'anziana vicina di casa l'aveva riconosciuta dall'immagine che le aveva mostrato Casabona dopo essersela fatta portare da una pattuglia della Mobile. La procedura per il rilascio del permesso di soggiorno era in corso, per cui non le erano ancora state prese le impronte digitali. Ecco perché non era venuto fuori niente dalla banca dati AFIS.

Il caso, dal punto di vista investigativo, poteva considerarsi chiuso. La vittima aveva un nome. Conosceva Luca Simoni e lo frequentava. C'era l'impronta dell'uomo sulla tanica, e il testimone aveva visto scaricare il cadavere da un'auto simile alla sua. Le prove erano schiaccianti. L'assassino era lui. Si trattava solo di trovarlo.

La cosa, però, non era così facile. Intorno alla casa non era stata trovata l'Audi A4 station wagon nera, quindi Luca Simoni era andato via in macchina e poteva aver percorso molti chilometri. Tanti da aver lasciato l'Italia, considerato che l'ultima volta che l'avevano visto risaliva a tre giorni prima. Sia il suo cellulare che quello di Tania Orlosky erano muti da allora. Le ultime chiamate, infatti, si fermavano a due sere precedenti il ritrovamento del cadavere della donna. Entrambi i telefoni agganciavano la stessa cella situata nella zona collinare di Valdenza. Ulteriore indizio a carico.

Infine, c'era da considerare che Luca Simoni era orfano e non aveva parenti stretti dove poterlo andare a cercare o da mettere sotto controllo in attesa di un suo contatto.

12

Prima di rientrare in ufficio, Casabona, l'ispettore Proietti e il sovrintendente Bini si fermarono a perquisire la stanza d'albergo dove alloggiava la vittima.

L'Hotel Rubino, in realtà, più che un albergo era una locanda a due stelle situata in una strada periferica di Vettolini, gestita da un pregiudicato calabrese da anni trasferitosi in Toscana. Si chiamava Alfio Medina e non era un tipo pericoloso: i suoi precedenti con la giustizia riguardavano soprattutto truffe, traffici con auto rubate e altre questioni di tipo amministrativo. Era un personaggio noto alle forze dell'ordine, un vecchio marpione che sapeva come comportarsi, riuscendo a risultare persino simpatico. Anche se, a volte, le smancerie erano talmente teatrali ed esagerate da sembrare uno sfottò.

Appena li vide entrare, andò loro incontro con un sorriso a trentadue denti stampato sul volto.

«Dottore carissimo, che piacere vederla. A cosa debbo l'onore di averla di persona nel mio locale? Accomodatevi, vi faccio preparare subito un caffè.»

Casabona rispose a modo suo:

«Signor Medina, lei si dovrebbe preoccupare quando mi vede nel suo locale, altro che piacere».

Alfio Medina si fece una risata.

«Dottore, perché dovrei preoccuparmi? Io non faccio nulla di male, ho la coscienza a posto. Se ho fatto qualche peccato di gioventù, ho pagato il conto con la giustizia. Ora sono un onesto imprenditore. E poi so bene che ci si deve preoccupare quando andate a far visita alle persone alle sei di mattina. Ora è già passato mezzogiorno, non può che essere una visita di cortesia.»

C'era poco da fare, Casabona aveva un debole per Medina. Quando lo incontrava, provava sempre a fare il duro con lui, ma non reggeva molto. Alla fine, come in quell'occasione, il vecchio calabrese riusciva sempre a strappargli un sorriso e a rendere l'atmosfera più conviviale.

«È l'esperienza che parla, vero Alfio? Come darti torto, si vede che conosci bene i nostri orari. Va bene, su, prepara questo caffè. Così ti facciamo anche qualche domanda.»

«Sono a vostra disposizione, commissario» rispose subito Medina. Ordinò a un'anziana donna che stava pulendo il bancone della reception di preparare quattro caffè, poi invitò i suoi ospiti ad accomodarsi su due divani in un angolo della sala.

«Ditemi pure, commissario. Cosa volete sapere?»

«Dobbiamo dare un'occhiata alla stanza di Tania Orlosky. È alloggiata qui, giusto?»

«Sì, è una bella ragazza mora, con i capelli a caschetto e gli occhi azzurri. Se non sbaglio è ucraina. È qui da un paio di mesi. È stata subito registrata e ho portato la schedina alloggiati al commissariato.»

«Lo sappiamo» gli disse Casabona per tranquillizzarlo. «Da quanto tempo non la vedi?»

«Ora che mi ci fate pensare, saranno tre giorni che manca. L'ho vista uscire tre sere fa, verso le otto, e non ancora tornata.»

«Hai visto anche con chi è uscita?»

«Ho visto solo che è salita su un'Audi nera che aspettava fuori. È venuta a prenderla già altre volte nelle ultime settimane. Non tutte le sere, perché lei doveva anche lavorare.»

«Dove lavorava?»

Medina si ritrasse un attimo, per rimarcare il fatto che stava per dare una risposta di circostanza.

«Commissario, a questa domanda non posso rispondere. Voi sapete come funziona con queste ragazze. Verso le nove di sera vanno dove le aspetta il pulmino che fa il giro dei night. Io le vedo solo uscire.»

La risposta era scontata. Casabona non provò nemmeno a insistere. Del resto era un'informazione di cui già disponevano. Si limitò a fare le ultime domande che si fanno in questi casi.

«Almeno dicci che tipo era. L'hai sentita litigare con qualcuno? Ti ha confidato qualcosa?»

«Commissario, ma perché mi dice "che tipo era"? Le è successo qualcosa?»

«È stata uccisa, Alfio. L'abbiamo trovata morta sotto il ponte di Campanelle ieri mattina. Quindi, cerca di ricordarti bene le cose. Ci vuole poco a beccarsi un'accusa per favoreggiamento, lo sai.»

Medina sembrava sinceramente dispiaciuto.

«Ma per carità. Io vi dico tutto quello che so. Era una brava ragazza. Dolce, educata. Mi salutava sempre quando entrava e usciva. Ogni tanto si fermava anche a fare due chiacchiere. Veniva da una famiglia molto povera. Aveva lasciato il padre, la madre e un fratellino più piccolo in un villaggio di poche anime nella steppa. Figuratevi, commissario, che mi ha raccontato che d'inverno campano solo grazie al latte di una mucca e a qualche provvista che mettono da parte con il raccolto estivo. La ragazza voleva risparmiare un po' di soldi per levare dalla miseria i suoi cari. Non l'ho mai vista discutere con nessuno, né mi ha confidato di qualcuno che le volesse male. Chi ha fatto una cosa del genere meriterebbe di essere ammazzato come un cane.»

Casabona non poteva esprimersi liberamente sull'ultima affermazione di Medina, ma nemmeno se la sentiva di fargliela pesare, così taglio corto.

«Va bene, Alfio. Ora dacci la chiave universale, che andiamo a dare un'occhiata alla stanza. Bada che la dobbiamo sequestrare. Metteremo i sigilli, quindi non ci potrà entrare nessuno finché il magistrato non disporrà il dissequestro.»

Medina si assentò un attimo per andare a prendere la chiave nel piccolo ufficio situato dietro al bancone della reception. Poi li accompagnò al secondo piano per farli entrare nella stanza 215, quella dove aveva vissuto Tania Orlosky.

Mentre salivano, incrociarono due belle ragazze straniere, probabilmente ballerine di night come la donna uccisa. Una indossava dei fuseaux neri molto attillati, l'altra una minigonna cortissima. Entrambe camminavano su un tacco dodici che a quell'ora del giorno stonava non poco. Casabona fece cenno al sovrintendente Stefano Bini di scendere con loro per fargli qualche domanda. A Bini non parve il vero, si lanciò all'inseguimento delle ragazze con una tale foga che rischiò di ruzzolare per le scale.

Casabona e Proietti controllarono la stanza con attenzione ma non trovarono nulla di utile. Solo gli effetti personali della ragazza. In parte ancora chiusi in un borsone nero. Le cose della vita quando la vita non c'è più. Quelle che restano negli armadi a segnare il posto di un'assenza. Oggetti, abiti, scarpe di cui è difficile sbarazzarsi per il vuoto che lasciano.

Sul comodino teneva la fotografia di quella che doveva essere stata la sua famiglia, stando a quello che aveva raccontato Alfio Medina sulle confidenze della ragazza.

Davanti a una piccola casa dal tetto nero e spiovente, c'era un uomo con i baffi e le gote rosse, con indosso una camicia bianca e un pantalone scuro infilato negli stivali e tenuto su da un paio di bretelle; di fianco a lui una donna alta e magra, con i capelli coperti da un velo e gli occhi chiari, vestita con una lunga casacca nera; poco distante un ragazzo di non più di dieci anni con pantaloni e giacca rattoppati e ai piedi vecchie scarpe da uomo troppo grandi per lui; infine lei, sorridente, vicino a una mucca pezzata che guardava curiosa l'obiettivo della macchina fotografica.

L'unica cosa che trovò Casabona in quella stanza, osservando la fotografia, fu la risposta alla domanda che si era posto davanti al corpo della ragazza nella discarica.

"Ecco dove è diretto ora il male. Sono loro le prossime vittime che ne subiranno il contagio" si disse con amarezza.

13

Il decreto di perquisizione firmato dal dottor Boccuso, oltre che riguardare l'abitazione dell'indagato e le sue pertinenze, si estendeva anche al luogo di lavoro.

Luca Simoni faceva l'attore per la "Fragolina Time", una casa di produzione di filmati porno amatoriali che aveva la sede in un'antica villa situata sulle colline attorno a Firenze. Era quello il suo luogo di lavoro. Anche se chiamarlo così stonava un po' e avrebbe suscitato l'invidia di tanti uomini per i quali questo termine evoca ambienti molto meno piacevoli.

Quando arrivarono non c'erano riprese in atto, come invece sperava Stefano Bini. Per tutto il viaggio aveva sostenuto che se le macchine da presa fossero state in funzione, avrebbero trovato anche la persona che cercavano. Ma, conoscendolo, Casabona e Proietti dubitavano che il motivo fosse solo quello.

Il titolare della casa di produzione non era ancora rientrato dalla pausa pranzo. C'era solo un tecnico, impegnato nel montaggio di sequenze registrate nei giorni passati e questo fece ritornare il buon umore a Bini. Le scene vedevano in azione Luca Simoni e un altro giovanotto alle prese con una signora, non proprio giovanissima, dal seno giunonico. La donna indossava soltanto una mascherina e mostrava di gradire il trattamento che le stavano riservando i suoi due amanti occasionali. Non era per nulla intimidita dalla presenza del cameraman. Urlava per il piacere e incitava i maschi a darsi da fare. Dall'accento si sentiva che era toscana. Per un attimo la cinepresa si soffermò su un uomo che era seduto, vestito, in un angolo della camera da letto. Anche lui indossava una mascherina.

«È il marito» si affrettò a precisare l'addetto al montaggio con un sorrisino malizioso in cerca di complicità. Ma nessuno di loro rispose.

Il capo arrivò poco dopo. Era un uomo sulla sessantina, basso e grasso. Con un viso rotondo e pochi capelli ai lati della testa. Nonostante l'aspetto appesantito aveva due occhi vispi dai quali trasparivano una certa furbizia e tanta vita vissuta. Non si scompose più di tanto quando Casabona e gli altri si presentarono. Li fece accomodare nel suo ufficio e si dichiarò a loro completa disposizione. Disse che non vedeva il miglior attore della sua scuderia da circa una settimana. Ci tenne a specificare che non giravano tutti i giorni, ma solo quando capitava l'occasione giusta. Quando, cioè, si proponeva qualcuno che voleva provare l'ebbrezza della trasgressione. In genere erano coppie che lui definiva regolari, ovvero sposate, o irregolari, se si trattava di amanti. Ma capitavano anche donne sole o coppie di amiche che si volevano divertire. Allora si organizzava il set e si convocavano gli attori. Sulla presenza di Luca Simoni si poteva sempre contare. Era il più affidabile, non faceva mai cilecca. Poi era un bell'uomo ed era ben dotato. Il più delle volte chi contattava la casa di produzione lo faceva proprio per fare sesso con lui.

Il suo spazio personale all'interno della struttura si limitava a un armadietto nello spogliatoio. Dal momento che era chiuso con un lucchetto, dovettero usare una tronchese per aprirlo ed eseguire la perquisizione. All'interno trovarono un piccolo involucro di plastica con un paio di dosi di cocaina, una confezione di viagra, preservativi, profumi, prodotti per l'igiene personale, un accappatoio e delle pantofole. La cosa veramente interessante che rinvennero fu una busta di carta con all'interno una decina di foto di altrettante ragazze. Tutte molto belle. Tra queste vi era anche una foto di Tania Orlosky in posa sexy.

Poi trovarono decine di lettere, e-mail stampate e cartoline, da parte di ammiratrici e anche di mariti, che lo ringraziavano per i bei momenti passati insieme. Qualche messaggio parlava addirittura d'amore. Scritto forse da qualche donna che aveva perso veramente la testa.

Sequestrarono la droga, le foto e tutta la corrispondenza. Poi Casabona si fermò a fare qualche domanda al paffuto titolare.

«Questa ragazza l'ha mai vista? Ha girato qualche film qui da lei?» gli chiese, mostrandogli le foto trovate nell'armadietto.

«Assolutamente no. È la prima volta che la vedo. Ma si figuri, commissario. Questa è una bella ragazza. Giovane. Non è il tipo di donna che viene da noi.»

«Perché? Che tipo di gente viene qui?»

«Da noi vengono signore di una certa età. La più giovane non ha meno di trentacinque anni. Come le ho già detto, noi giriamo con gente che conduce una vita normale. Commesse, operai, professionisti, imprenditori. Vengono qui e quando si spogliano sono solo maschi e femmine che si vogliono divertire. Per qualche ora cercano di dimenticare le regole della morale comune, si vogliono liberare dei tabù e godere. Firmano la liberatoria e si lasciano andare. Noi garantiamo loro la riservatezza. Anche se a volte vengono riconosciuti lo stesso. Qui i paesi sono piccoli e ci si conosce tutti. Una mascherina non basta mica per nascondersi. Qualcuno arriva a indossare dei passamontagna e poi li riconoscono dalla pancia o dal tatuaggio. Ma questi non sono problemi nostri.»

Si fece una fragorosa risata.

Casabona tagliò corto.

«Come potrà leggere nel decreto di perquisizione, stiamo cercando Simoni perché è sospettato di omicidio. Perciò, nel caso dovesse vederlo o sentirlo, si metta subito in contatto con noi se non vorrà rispondere di favoreggiamento.»

Casabona, Bini e Proietti uscirono e salirono in macchina per far rientro a Valdenza.

Durante il viaggio di ritorno l'ispettore Proietti chiese:

«Ovviamente mettiamo sotto controllo anche il telefono degli uffici, del titolare e del tecnico?».

«Ovviamente» rispose Casabona.

14

Il colpevole era madido di sudore. Gocce che affioravano dall'attaccatura dei capelli gli rigavano la fronte lucida. Alcune si insinuavano negli occhi procurandogli un leggero bruciore, altre passavano rapide sulle labbra lasciando lo stesso sapore salato delle lacrime.

Qualcuno aveva acceso l'impianto di riscaldamento impostandolo su una temperatura di quaranta gradi. Ora attendeva, forse osservando di nascosto da un piccolo oblò che si trovava sulla porta.

Anche il colpevole aspettava, appeso al soffitto della stanza come un quarto di bue in una macelleria. Attendeva una risposta alle tante domande che gli giravano per la testa. Ognuna di esse era diventata un punteruolo che gli penetrava nel cervello.

"Perché? Cos'hanno scoperto? Cos'hanno saputo per farmi questo?"

La corda che lo teneva legato alla carrucola si era un po' allentata, così riusciva a poggiare la pianta dei piedi a terra. Le articolazioni delle spalle gli facevano male. Le braccia si erano intorpidite per il mancato afflusso del sangue e le mani stavano assumendo un colore violaceo. Fissava la porta. Da un momento all'altro si sarebbe aperta e lui avrebbe saputo. Intanto continuava a tormentarsi.

"Forse è solo per i festini, non sanno altro. Ma sono sempre stato una tomba. È il mio mondo, so bene come ci si comporta. So tenere la bocca chiusa. Le donne sono la mia malattia. Il mio piacere e il mio dolore. Ecco, avrò toccato quella sbagliata. Sapevo che prima o poi sarebbe potuto succedere. Me ne sono passate tante per le mani. Qualcuna ha anche perso la testa, sono venuti fuori i sentimenti, l'amore e cazzate del genere. Ma io non ci ho mai creduto. Scuse, alibi di facciata di cui alcune di loro hanno bisogno per mettere a posto la coscienza. Se è solo per questo, glielo dirò che non ho mai fatto del male a nessuna. Non le ho mai costrette. Sono state loro a volerlo. Che colpa ne ho io? La colpa, casomai, è degli uomini che le hanno trascurate. Che non sono stati in grado di capirle e di accettarle per quelle che sono. Io non sono colpevole di questo. Mi hanno chiesto loro di farlo. Lo volevano. Io sono innocente".

La porta si aprì.

Il rumore della goccia d'acqua che cadeva sul pavimento ora arrivava pieno, come lo schiocco di dita che annunciava il trucco di un prestigiatore.

D'improvviso, la sagoma di un uomo venne disegnata da un fascio di luce accecante.

Tutte le lampade al neon erano state accese.

L'uomo entrò.

Indossava una tuta bianca con il cappuccio. Portava anche una maschera e degli occhiali di protezione. Sicuramente li aveva trovati lì vicino e aveva pensato di usarli per non farsi riconoscere. Non stava aspettando al di là della porta, si stava solo vestendo.

Il colpevole strizzò più volte le palpebre. Non riusciva a vedere bene. La pupilla era irritata per via del sudore che continuava a scivolargli negli occhi. La luce improvvisa aveva fatto il resto.

Non disse nulla. Non chiese, non inveì, non minacciò. Rimase muto ad aspettare di capire il perché di quella visita. L'uomo era venuto a liberarlo oppure a chiudere definitivamente la partita?

Si rendeva conto che era in sua balìa. Di certo non sarebbe entrato vestito in quel modo se fosse stato animato da buone intenzioni. Voleva nascondere la propria identità. Solo chi vuole fare del male si preoccupa di nascondersi, pensò.

Quando vide che aveva qualcosa nella mano destra, fu attraversato da un brivido di terrore. Prese a tremare. La paura della morte aveva portato con sé un freddo profondo, un soffio gelido capace di spegnere anche il caldo infernale che aveva riempito la stanza.

L'uomo si avvicinò e rise. Un suono fragoroso e beffardo. Aveva notato che il colpevole si stava urinando sui piedi senza nemmeno rendersene conto. Poi appoggiò per terra la bottiglia che teneva in mano e uscì.

La porta si richiuse alle sue spalle con l'inconfondibile rumore metallico di una chiave che fa girare la serratura.

Solo allora il colpevole trovò il coraggio di dire qualcosa. Nemmeno si accorse che la sua voce era cambiata. Era diventata esile e incerta, come quella di un bambino.

«Vi prego, fatemi uscire. Chiedo perdono. Non lo farò più. Non lasciatemi solo con lui.»

Non vi fu alcuna risposta.

Dopo qualche minuto la carrucola a motore si rimise in moto, ma nel senso contrario. Rilasciò la corda e il colpevole fu di nuovo in grado di muoversi per la stanza. La prima cosa che pensò di fare fu, ancora una volta, avvicinarsi alla porta. Aveva dimenticato che la lunghezza della fune non glielo consentiva. Provò a tirare, inutilmente. Gridò di nuovo. Dapprima con rabbia, poi l'urlo divenne implorazione. E pianse.

Quando si calmò, vide la bottiglia che l'uomo aveva lasciato per terra. Era grande, di quelle da due litri. La prese tra le mani e pensò che contenesse della benzina. Poi si rese conto che erano le sue mani che emanavano quell'odore. Si sforzò di ricordare ma non riuscì a trovare una spiegazione. Con i denti tolse il tappo alla bottiglia. Era piena di whisky. La riappoggiò sul pavimento e andò a sedersi nell'angolo della stanza. Si rannicchiò chinando la testa sulle ginocchia. Si illuse che sarebbe bastato chiudere gli occhi per uscire da quel brutto sogno, ma non fu così.

Continuava a sudare. Il caldo gli aveva procurato molta sete. Aveva la gola secca e sentiva il bisogno di bere. Tornò a prendere la bottiglia. Assaggiò con cautela. Prima un piccolo sorso, poi un altro. Aspettò qualche minuto, poi bevve ancora. Così, pian piano, l'incubo si dissolse. Riuscì addirittura a ridere di se stesso e dei buontemponi che gli avevano fatto uno scherzo del genere.

Completamente ubriaco si addormentò.

15

«L'hanno trovato» annunciò Proietti, prima ancora di entrare nell'ufficio di Casabona. Poi si rese conto che il commissario non era da solo e avrebbe preferito sprofondare per l'imbarazzo. Rimase fermo sulla porta senza aggiungere altro.

Seduta davanti alla sua scrivania c'era Lara Senzi, una giovane giornalista *freelance* che scriveva per una testata *on-line* molto seguita a Valdenza. Poco più che trentenne, *look* da esistenzialista francese, laureata in psicologia, aveva riversato tutta la sua vivacità intellettuale nei libri e nella scrittura. Era stata folgorata dal mestiere di giornalista e ci si era tuffata anima e corpo, con uno spirito da *pasionaria* assolutamente sproporzionato rispetto al ritorno economico che ne ricavava. Viveva nel mito di Oriana Fallaci. Ambiziosa e tenace, si considerava in servizio ventiquattro ore su ventiquattro, sette giorni su sette. In breve tempo si era costruita una buona rete di informatori nelle forze dell'ordine, negli ospedali e in tribunale, perciò riusciva a sapere in tempo reale tutto quello che avveniva in provincia. E una volta avuto lo spunto, sapeva come andare a fondo per costruire una notizia.

Ecco perché si trovava nell'ufficio di Casabona quella mattina. Qualcuno le aveva riferito del movimento che c'era stato in via Mascagni, a Vettolini. Era stata sul posto e aveva fatto un po' di domande in giro, così ora sapeva che la Mobile cercava Luca Simoni. Considerato il dispiegamento di forze, era stato facile intuire il perché. Così era andata a parlarne con il commissario per ufficializzare la cosa e capire cosa avrebbe potuto scrivere senza creare problemi alle indagini. L'ingresso di Proietti le aveva provocato un brivido. Avevano trovato l'assassino e lei era la prima e l'unica a saperlo. Ma ci pensò Casabona a riportarla con i piedi per terra.

«Lara, so a cosa stai pensando. Non giungere a conclusioni affrettate. Noi cerchiamo un sacco di gente, non solo Luca Simoni. Facciamo così: scrivi pure quello che hai saputo sulla nostra perquisizione a Vettolini; che Luca Simoni è un sospettato e che lo stiamo cercando. Al momento non ti posso dire che elementi abbiamo su di lui. Inizia con questo, che non è poco. Più in là ne riparleremo.»

«Qualche idea sugli indizi a suo carico io ce l'ho» precisò la giornalista. Poi si affrettò ad aggiungere: «Ma non preoccuparti, fin quando non mi autorizzi, non scrivo nulla».

«Ma di che parli? Quale idea hai sugli indizi?» chiese Casabona tra il sorpreso e il divertito.

«L'altra sera ho visto i due elfi uscire dall'ingresso posteriore della questura e ieri sono andata a intervistarli. Uno di loro mi ha raccontato dell'Audi station wagon nera e, guarda caso, Luca Simoni ne possiede una.»

«Ma sei andata fin lassù?» commentò stupito il commissario.

«Sì, ma stai tranquillo che scrivo solo quello che mi hai detto tu, per il momento. Non voglio crearvi problemi. Sta a cuore anche a me che prendiate chi ha ucciso quella povera ragazza.»

«Non dirmi che sai pure chi era lei?»

«Mi trovavo a Vettolini e sono passata dall'albergo. Ho anche una sua foto, me l'ha data una sua amica che lavorava con lei al night.»

Casabona era sempre più sorpreso delle capacità della giovane cronista.

«Non tirare fuori un pezzo alla volta, dimmi tutto quello che hai scoperto. So bene che la gente parla più volentieri con i giornalisti che con noi.»

«Si dice che Luca Simoni frequenti giri particolari. Pare che le sue doti fisiche e le sue capacità amatorie siano molto apprezzate da alcune annoiate signore della buona società, con mariti più o meno compiacenti. Gente che conta, insomma. Insospettabili dai vizi privati e dalle pubbliche virtù.»

Per via degli imperscrutabili meccanismi della mente, Casabona si ritrovò a pensare a Francesca. In fondo era una donna anche lei. Una signora matura ma ancora piacente, forse stanca di un rapporto che durava da un quarto di secolo e bisognosa di conferme della propria capacità seduttiva. Per la prima volta ebbe questo dubbio. Prima di allora non aveva mai pensato a sua moglie in questo modo.

"Ma perché no?" si chiese. "Perché lei dovrebbe essere diversa da tante altre donne? Questo potrebbe spiegare molte cose avvenute negli ultimi tempi. I silenzi, il distacco, la mancanza di interesse nei miei confronti, le periodiche sparizioni."

Non se ne rese conto ma rimase profondamente turbato da quello che gli stava passando per la mente. Lara notò l'improvviso cambiamento e pensò di aver detto qualcosa di sbagliato.

«Non te la prendere Tommaso, sono venuta da te perché non ho intenzione di crearti problemi. Dimmi tu cosa devo fare, di me puoi fidarti.»

Casabona si sforzò di allontanare da sé quei pensieri.

«Tranquilla Lara. Nessun problema, sei in gamba. Va bene, se vuoi parla anche della ragazza. Sono informazioni tue ed è giusto che le utilizzi. Ma non tirare fuori la storia dell'elfo. Lui è un testimone chiave e l'assassino è ancora libero. Lo esporresti a un serio pericolo.»

«Ti do la mia parola. Nulla di nulla. Tu, però, mi farai sapere quando lo troverete?»

«Certo, con enorme piacere. Sia a te che a tutti gli altri tuoi colleghi.»

«Non meriterei di saperlo qualche minuto prima degli altri?» chiese Lara Senzi con un atteggiamento tra l'ironico e il seduttivo.

Casabona sorrise. Si alzò e, mentre l'accompagnava fuori dalla stanza e fino all'uscita degli uffici della squadra mobile, rispose alla sua domanda: «Tu chiamami se vieni a sapere qualche altra cosa in giro, perché, conoscendoti, immagino che non ti fermerai qui. Dal canto mio, ti avviserò se e quando l'avremo trovato».

Si salutarono e il commissario tornò al suo ufficio, dov'era rimasto ad aspettarlo l'ispettore Proietti.

«Tommaso, scusami, non sapevo che ci fosse anche lei. Mi sono lasciato prendere dall'entusiasmo e ho fatto una cazzata.»

«Ma quale cazzata, Fabio? Lara non dirà nulla, è tutto sotto controllo. Piuttosto, chi l'ha trovato e dove?»

«È stata la Stradale di Firenze. È finito con l'auto dentro il lago di Galleti, qualche chilometro oltre il confine della provincia di Valdenza. Un cacciatore, ieri pomeriggio, si è fermato in una delle piazzole panoramiche e ha notato la balaustra in legno rotta e una scia nell'erba della scarpata che finiva dritta nell'acqua. In quel punto c'è uno strapiombo di una cinquantina di metri. I sommozzatori e i vigili del fuoco hanno lavorato tutta la notte per tirarlo fuori. L'auto era a dieci metri di profondità. Ho parlato con il collega che ha fatto il sopralluogo e mi ha detto che, secondo lui, si è trattato di un malore, un colpo di sonno o un suicidio.»

«E come fa a dirlo?»

«Non hanno trovato segni di frenata, né sulla strada né sul terreno della piazzola di sosta. È andato dritto. Oggi avrebbero esaminato meglio l'auto e sarebbero stati più precisi.»

«Allora è il caso di andare di persona. Il corpo dove l'hanno portato?»

«All'obitorio di Firenze. Stamattina dovevano fare l'autopsia.»

«Andiamo direttamente lì. Quando arriveremo avranno finito, e sicuramente ci troveremo anche quelli della Stradale.»

16

Casabona e Proietti arrivarono all'obitorio verso mezzogiorno. Il medico legale aveva appena finito di condurre l'autopsia ed era rimasto a osservare i suoi assistenti che avevano il compito di ricucire il corpo di Luca Simoni dopo aver rimesso a posto gli organi interni.

Ad attenderli, come previsto, c'era anche il comandante della polizia stradale di Firenze. Una donna sui quarant'anni, con i capelli ricci biondi raccolti all'indietro. Si capiva subito il reparto di provenienza, anche senza guardare lo scudetto del centauro attaccato alla giacca. Quelli della Stradale si distinguevano per il loro impeccabile assetto formale. Uniforme perfettamente in ordine, scarpe lucide, schiena dritta. Ci tenevano molto a rimarcare, anche in questo modo, il fatto di essere un reparto speciale.

Dopo le presentazioni, nell'attesa di essere ricevuti, stava per avere inizio la tipica conversazione tra funzionari di polizia che si incontrano per la prima volta. Un dialogo che prevede una sequenza standard di domande e risposte.

Un commissario, prima di entrare in servizio, frequenta un corso di formazione contraddistinto da un numero progressivo. Quindi, la prima domanda che ci si pone è: "Di che corso sei?". Dopodiché, ognuno dei dialoganti si sforza di ricordare chi, tra i suoi attuali colleghi di lavoro, ha frequentato il corso dell'altro. In questo modo si scopre di avere degli amici in comune. Si parla di loro, delle cose buffe che facevano durante il corso e di quello che fanno adesso.

Il passo successivo è la domanda: "Chi è il tuo questore?". Siccome i questori cambiano spesso sede e hanno alle spalle un percorso di carriera che li ha visti ricoprire vari incarichi in città diverse, è facile che possano essere conosciuti da entrambi i funzionari. Così si può trovare un altro argomento in comune.

Sia la discussione sui colleghi che quella sui questori porta inevitabilmente al terzo argomento: le promozioni e la carriera. Qui partono i commenti, le frecciatine velenose, le lamentele e le previsioni sulle dinamiche future degli assetti di potere a Roma.

Casabona, che aveva una naturale avversione per i discorsi di circostanza, considerava tutto ciò estremamente noioso. Così, prima ancora che il commissario della Stradale potesse dare inizio alla sequenza, la incalzò subito con l'unica domanda che gli stava veramente a cuore.

«Collega, scusami se vado subito al sodo, ma non abbiamo molto tempo. Mi potresti dire qualcosa in più sull'incidente? Te ne sarei grato. Stiamo indagando sull'omicidio di una giovane donna e il tipo finito in fondo al lago è il candidato ideale per il ruolo dell'assassino.»

La collega fu molto gentile. Le interessava solo chiarire la dinamica del sinistro per chiudere il rapporto all'autorità giudiziaria. Non era in competizione sull'attività investigativa per l'omicidio. Spiegò a Casabona quello che già aveva riferito a Proietti, l'ispettore che aveva operato sul luogo del sinistro, ovvero che non erano stati trovati segni di frenata e che l'auto era andata giù senza trovare ostacoli se non la fragile balaustra di legno. Aggiunse che l'impianto frenante e la scatola dello sterzo erano efficienti. Anche le gomme erano a posto. Quindi il veicolo non era uscito di strada a causa di un'anomalia. Unica nota stonata: il cambio era in folle. Poteva essere stato lo stesso guidatore a disinserire la marcia, in questo caso si sarebbe trattato sicuramente di un suicidio. Oppure, nella caduta, avrebbe potuto urtare accidentalmente la leva del cambio. Altre ipotesi si preferiva non farne. Disse anche che nell'auto avevano trovato una bottiglia di whisky da due litri vuota e nel bagagliaio degli abiti femminili chiusi in un sacchetto di plastica nero.

Dopo una decina di minuti il medico legale uscì dalla sala autopsie e li fece accomodare nel suo ufficio, appese il camice bianco a un attaccapanni situato vicino alla porta e andò a sedersi dietro la scrivania.

Apparteneva a quella categoria di persone che viste una volta non si dimenticano più. Alto e magro, viso allungato, un cespuglio di capelli bianchi, lunghi e irti, lasciati completamente liberi di disporsi in ogni direzione. Portava occhiali rotondi e spessi come fondi di bottiglia. Ricordava l'immagine cinematografica dello scienziato pazzo. E forse lo era diventato davvero a furia di sezionare cadaveri. Sembrava avere un'età prossima alla pensione, anche se poteva essere più giovane di quel che dimostrava per via della trasandatezza.

Senza nemmeno guardarli in faccia, iniziò a recitare una cantilena, con l'aria scocciata di chi deve parlare per forza anche se ne avrebbe fatto volentieri a meno.

«Epoca della morte: dodici, ventiquattro ore al massimo. Causa del decesso: asfissia per annegamento riscontrato dalla presenza di acqua nei polmoni. Accertata elevata concentrazione di alcol nel sangue per pregresso abuso di sostanze alcoliche. Sul corpo non sono state rinvenute ferite o contusioni.»

Il commissario della polizia stradale prendeva appunti.

Casabona, invece, sbottò: «Egregio dottore, non mi sono fatto cinquanta chilometri in macchina per farmi leggere il referto. Avrei potuto farlo anche da me in questura a Valdenza. Noi stiamo indagando su un omicidio e abbiamo bisogno di informazioni precise, non della recita della poesia di Natale. Quindi, mi faccia la cortesia di avere un comportamento più riguardoso nei nostri confronti. Così finiamo anche prima».

Lo scienziato pazzo accusò il colpo.

«Va bene, commissario. Cosa vuole sapere? Mi faccia delle domande e cercherò di essere il più chiaro possibile.»

«Era vivo quando l'auto è precipitata nel lago?»

«Indubbiamente. Gliel'ho detto: aveva acqua nei polmoni, quindi ha cercato di respirare.»

«Volevo essere sicuro di aver capito bene, dottore. Poi ha detto che aveva assunto sostanze alcoliche, ma in che quantità?»

«Il tasso alcolemico rilevato è di 2,5. Si tratta di un livello molto elevato. Normalmente comporta la perdita del tono muscolare, indifferenza all'ambiente circostante, assenza di reazione agli stimoli. Insomma, il soggetto era ubriaco perso.»

«Cosa può aver bevuto per ridursi in quello stato?»

«Sicuramente superalcolici, altrimenti sarebbero stati necessari litri di birra o vino.»

Si intromise nel discorso anche il commissario della Stradale.

«Nell'auto abbiamo trovato una bottiglia di whisky da due litri vuota, potrebbe trattarsi di quella?»

«Certo dottoressa, i valori sono compatibili con l'assunzione di due litri di whisky» rispose il medico.

«Avete trovato tracce di droghe o di altre sostanze psicotrope?» chiese ancora la donna.

«Per quelle dobbiamo attendere l'esito degli esami tossicologici.»

Il medico cominciava a spazientirsi e non lo nascondeva. Casabona capì che a breve li avrebbe congedati e arrivò alle domande che più gli interessavano.

«Mi scusi, solo un'ultima cosa: il corpo presentava ferite o contusioni diverse da quelle compatibili con la caduta?»

Il dottore si alzò e rispose avviandosi verso la porta.

«Nulla di evidente, commissario. Lividi ne aveva, anche qualcosa vicino ai polsi, ma nulla di incompatibile con la caduta e la lunga permanenza in acqua.» Si fermò un attimo a riflettere, poi continuò: «Ecco, forse l'unica cosa anomala che abbiamo trovato è stata una puntura da ago di siringa sull'esterno della coscia destra. Ora, se volete scusarmi, devo procedere a un'altra autopsia. Un caso di femminicidio, una povera donna uccisa dal marito da cui voleva separarsi».

Il commissario e la sua collega uscirono dalla stanza. Lei salutò e andò subito via. Casabona si intrattenne nell'atrio della struttura insieme all'ispettore Proietti, che aveva assistito in silenzio a tutta la chiacchierata con il medico legale. Presero un caffè al distributore automatico. Poi uscirono e si avviarono verso l'auto parcheggiata lì davanti.

Era apparso un po' di sole, anche se tirava un'aria gelida che tagliava la faccia. Casabona si appoggiò alla fiancata dell'Alfa 156 nera, alzò il bavero del cappotto e accese un mezzo sigaro. Era già bruciacchiato perché spento la sera prima, dopo qualche boccata. Assaporò il gusto forte del Toscano extravecchio che si mischiava con quello del caffè che gli era rimasto nella bocca. Tutto con calma, senza fretta. Per darsi il tempo di riflettere sul presunto epilogo della tragedia che si era consumata negli ultimi giorni.

«Che ne pensi Tommaso? Secondo te è stato un incidente oppure si è buttato giù di proposito?»

«Mah... Spetta alla Stradale dare una risposta a questa domanda. Per quel che ci riguarda, resta confermato che gli elementi a carico di Luca Simoni sono schiaccianti. Vedrai che anche gli abiti trovati nel bagagliaio sono quelli della donna uccisa.»

«Ci scommetterei. L'impronta digitale, il testimone che ha visto la sua auto, i vestiti della vittima, tutto ha finito per incastrarsi nel modo giusto. Tutto sommato siamo stati fortunati.»

«Ogni tanto gira bene anche a noi…» commentò sarcastico il commissario.

«E il movente? Secondo te perché l'ha fatto?» chiese ancora Proietti.

«Non credo per sadismo. Luca Simoni era un attore del porno, avrà avuto centinaia di donne. Uno così ha un rapporto sereno con il sesso. Non soffre di quei disturbi mentali che sono alla base di comportamenti aggressivi.»

«Questo è vero, sono le persone represse e piene di complessi che poi diventano assassini.»

«Potrebbe essersi trattato di un gioco erotico sfuggito di mano. Dicono che l'asfissia provocata faciliti l'orgasmo e ne aumenti l'intensità. Magari non era nemmeno premeditato. Potrebbe essere successo nella stessa auto.»

L'ispettore Proietti sembrava sollevato.

«Bene. Allora telefono ad Andrea Bellini e faccio preparare le revoche delle intercettazioni telefoniche.»

«No, aspetta. Facciamo finta di nulla, teniamole aperte ancora un po'. Così potremo ascoltare le reazioni nell'ambiente di Luca Simoni dopo la notizia della sua morte. Chissà che non venga fuori qualcosa di interessante.»

L'ispettore non era sicuro di aver capito bene. Provò a chiedere spiegazioni.

«C'è ancora qualcosa che non ti convince, Tommaso?»

«No, anzi. Sono convinto eccome, ma le soluzioni troppo rapide e precise mi lasciano sempre un'ombra di dubbio.»

Era evidente che si trattava di una risposta di facciata, ma sarebbe stato inutile insistere. Non avrebbe mai rivelato quello che gli stava passando per la testa, ed era giusto così.

Casabona buttò via ciò che restava del sigaro ed entrarono in macchina.

«Che si fa? Rientriamo a Valdenza?» chiese Proietti.

«Considerato che il caso è chiuso, direi che possiamo concederci anche un attimo di respiro. Conosco una trattoria vicino al Ponte Vecchio che fa un'ottima ribollita. Con questo freddo è l'ideale.»

«Mi sembra una buona idea» commentò l'ispettore e si avviarono in direzione del centro di Firenze.

Durante il tragitto, Casabona si ricordò che aveva un impegno da onorare. Prese il cellulare dalla tasca e scrisse un SMS alla giornalista Lara Senzi.

"Luca Simoni è stato trovato morto. È finito con l'auto dentro il lago di Galleti. Se ne sta occupando la Stradale di Firenze. Hai un paio d'ore di vantaggio sugli altri. Appena torno a Valdenza faremo una conferenza stampa. Io non ti ho detto nulla".

Parte seconda

IL METODO DELLA FENICE

Ho il potere di deporre la mia anima e il potere di riprenderla.

Giovanni (10,18)

17

Il reparto di psichiatria aveva preso il posto del vecchio manicomio, nel padiglione antico dell'ospedale. La sua struttura ricordava quella di un carcere. In origine, era stato un convento per suore di clausura, ma poi si era ben adattato alla sua nuova funzione. Alla fine dell'Ottocento nelle celle erano entrati i letti di costrizione, le camicie di forza, i ceppi per le caviglie, l'elettroshock. All'estasi della preghiera si era sostituita quella indotta dai medicinali. Le pareti massicce delle stanze si erano impregnate di una sofferenza che ancora oggi si poteva sfogliare, come un libro maledetto. Una pagina per ogni strato di vernice passato sopra ai solchi scavati con le unghie, al sangue, agli sputi, alle imprecazioni a Dio e alla madre che li aveva messi al mondo.

I pazienti che partecipavano alla terapia di gruppo arrivavano alle dieci in punto, ogni mercoledì e venerdì. Alcuni di loro venivano da fuori ed erano accompagnati dal personale del centro psico-sociale che li aveva in carico. Gli altri erano ricoverati al primo piano dello stesso reparto, quello con le grate alle finestre e le porte chiuse a chiave. Quel giorno erano sei, tutti maschi, affetti da patologie psichiatriche di varia natura. Disturbi dell'umore e della personalità. Uno era schizofrenico. Per le sedute la dottoressa Mariella Ochs, esperta di psicoterapia cognitiva, li aspettava in uno stanzone dal soffitto alto e le pareti bianche, protette tutt'intorno da un metro e mezzo di rivestimento impermeabile verde chiaro. Si trovava alla fine di un lungo corridoio, dopo gli ambulatori per le visite. Le grandi finestre davano su un chiostro delimitato da un porticato, con al centro un pozzo in marmo.

Insieme alla dottoressa Ochs c'erano due infermieri. Stavano in un angolo della stanza, per non influenzare l'andamento della seduta, ma pronti a intervenire se ce ne fosse stato bisogno. Alcuni dei malati avevano alle spalle episodi di violenza e di autolesionismo, perciò era necessario essere preparati a qualsiasi possibile sviluppo della seduta.

Al momento, la psicoterapeuta e i pazienti sedevano in circolo al centro della sala, su vecchie sedie dai colori sbiaditi. Solo uno di loro si trovava discosto dal gruppo, davanti a una delle due finestre. Si chiamava Renzo Chellini. Era in stato catatonico, con lo sguardo assente, apatico, in una condizione di totale isolamento dalla realtà. La settimana precedente aveva trovato sua figlia venticinquenne in una pozza di sangue nella loro casa, morta per una coltellata al ventre. Da allora non aveva più parlato. Era rimasto immobile a fissare il cadavere. Avevano dovuto portarlo via alzandolo come un peso morto. Nel reparto psichiatrico in cui era stato ricoverato non avevano ancora sviluppato una diagnosi precisa per lui, era in fase d'osservazione. Non interagiva con nessuno ma si lasciava pulire, vestire e somministrare i medicinali. Per mangiare lo dovevano imboccare. Gli infermieri lo accompagnavano al piano della terapia su una sedia a rotelle sulla quale passava tutto il giorno. Gli altri pazienti non lo volevano tra loro nel cerchio. Il suo silenzio e il suo sguardo fisso li innervosivano.

La dottoressa Ochs era una bella donna, dal fisico minuto ma armonico. Aveva da poco passato i quaranta. Portava i capelli neri tagliati molto corti. La sfumatura alta lasciava scoperti due cuori intrecciati tatuati alla base del collo affusolato. Indossava il camice bianco. Aprì la cartellina che teneva appoggiata sulle gambe, scorse rapidamente i propri appunti e diede inizio alla seduta.

«Dunque... durante il nostro ultimo incontro Vittorio ci ha parlato del suo malessere, di quanto trovi difficile affrontare questo momento. Vorrei ricominciare proprio da lui: ha fatto qualche riflessione che si sente di condividere con noi oggi?»

Vittorio era un nuovo paziente, frequentava il gruppo di psicoterapia da qualche settimana e solo nell'incontro precedente se l'era sentita di raccontare la sua storia. Era un operaio di quarantasei anni. Precedentemente aveva già manifestato più volte i sintomi della depressione, ma le terapie avevano sempre funzionato. L'ultimo episodio, però, era stato di un'intensità spaventosa. Era precipitato nel baratro. I pensieri negativi si erano impossessati della sua mente intaccando e corrodendo la volontà fino a convincerlo che non ne sarebbe mai uscito. Aveva tentato il suicidio assumendo una dose massiccia di ansiolitici. Poi i ricordi confusi, le urla della moglie, le lacrime, l'ambulanza, la terapia intensiva e infine il reparto psichiatrico. Dieci giorni di degenza e di terapie infusive, di visite psichiatriche, di scarpe senza lacci, di pantaloni senza cintura, di sigarette fumate in stanze impregnate di odore di nicotina e di dolore. Vittorio prese la parola e raccontò della sua sofferenza, dell'angoscia che gli dilaniava l'anima, del senso di vuoto che riempiva le sue giornate. Aveva lo sguardo triste. Con le unghie si tormentava le pellicine delle dita fino a farle sanguinare. Con un tono di voce basso raccontò della paura di non riuscire a reimpadronirsi della propria voglia di vivere, del timore di non essere compreso da sua moglie e della preoccupazione di perdere il lavoro a causa della prolungata malattia. Quello sì che sarebbe stato un problema, non avevano ancora finito di pagare il mutuo e i soldi non bastavano mai.

Fabio Volonté, un omino basso e grasso di cinquantatré anni, affetto da disturbo bipolare, lo ascoltava in silenzio e annuiva. Conosceva molto bene quei picchi di depressione. A lui però gli episodi duravano pochi giorni e spesso erano seguiti da periodi di euforia durante i quali si sentiva inarrestabile, e spesso, troppo spesso, abusava di alcol. Dormiva pochissime ore senza accusare la stanchezza, era sempre affaccendato e iperattivo, i suoi pensieri correvano veloci e parlava in continuazione con chiunque; era come se percepisse tutte le emozioni con intensità triplicata, si arrabbiava con più facilità e talvolta perdeva completamente le staffe. Si muoveva pericolosamente al limite delle convenzioni sociali e, quando gli era capitato di superarlo, aveva combinato pasticci notevoli. Assumeva i farmaci da molti anni, ma a volte interrompeva la terapia di sua iniziativa, convinto di non averne più bisogno, e puntualmente ripiombava in quel vortice incontrollabile che portava il suo umore a una forma di instabilità da montagne russe.

Seduto al loro fianco c'era Mario Ferrante, un ragazzone moro di venticinque anni affetto da schizofrenia paranoide. Dopo un'adolescenza difficile, in un contesto problematico, a diciannove anni aveva iniziato a lavorare come fattorino. Aveva retto solo pochi mesi, poi la convinzione delirante di essere seguito e controllato si era instillata nella sua mente. Aveva smesso di uscire di casa. Viveva chiuso nella propria stanza, dalla quale usciva solo per andare in bagno. Non accendeva mai le luci. Parlava, urlava alle voci e con le voci, immerso in una realtà distorta che solo lui poteva percepire. Un giorno, i vicini di casa, allarmati dalle sue grida, avevano chiamato le forze dell'ordine e la sua storia clinica era iniziata con un trattamento sanitario obbligatorio. Quattordici giorni di ricovero coatto durante i quali era stato sedato e contenuto a letto. Nella sua mente medici e infermieri erano i responsabili di una cospirazione. Con i farmaci antipsicotici, gradualmente, quelle voci avevano perso d'intensità fino a scomparire. La realtà, da sfocata e confusa, era tornata vivida e chiara, ma lui continuava a essere introverso, diffidente e sospettoso. Averlo convinto a partecipare al gruppo della dottoressa Ochs era stato un successo incredibile. Mario ascoltava le parole di Vittorio senza mai guardarlo negli occhi, non lo faceva con nessuno. Durante gli incontri di gruppo se ne stava seduto composto e immobile, rigido, come se fosse sempre all'erta, in attesa di essere attaccato da un momento all'altro. Parlava poco e quando lo faceva rispondeva a monosillabi.

Al contrario, Luigi Roncato, il quarto paziente che partecipava alla seduta, quel giorno era molto agitato. Aveva le gambe accavallate e muoveva il piede sinistro senza sosta, provocando continui e fastidiosi scricchiolii della vecchia sedia arrugginita. Sbuffava, si guardava intorno impaziente, controllava il cellulare e si sistemava i capelli arruffati. Aveva trentatré anni, una denuncia per violenza domestica e un procedimento penale in corso per aver fratturato il setto nasale a un coetaneo durante una rissa. Gli era stato diagnosticato un disturbo *borderline* di personalità che lo teneva ancorato al centro di cura da una decina d'anni.

«Luigi va tutto bene?» chiese con voce ferma la Ochs.

Un attimo di silenzio e Luigi esplose nella sua rabbia.

«No che non va bene! Non va bene niente! Non va bene stare qui! Non ho alcuna voglia di ascoltare le stronzate di questo tizio, è deprimente.»

I due infermieri nell'angolo della stanza si irrigidirono, pronti a intervenire. Guardarono la dottoressa aspettando un suo segnale, ma non arrivò.

Sul gruppo calò il silenzio. Le parole rabbiose di Luigi si erano abbattute su ognuno di loro come un fulmine. Poi Vittorio alzò lo sguardo e, ritrovando un'energia che non sapeva più di possedere, rispose: «Non ci sei solo tu. Parli in continuazione, vuoi sempre tenere banco, e oggi che tocca a me non riesci a sopportarlo? Non hai capito niente di quello che dobbiamo fare qui».

«Bene Vittorio, cosa dobbiamo fare qui?» chiese allora la dottoressa. «Qual è l'obiettivo dei nostri incontri, ce lo vuoi ricordare?»

A queste domande Vittorio, sembrò disgregarsi di nuovo, come se rispondere a Luigi avesse consumato in un attimo tutte le sue energie. La domanda della Ochs lo aveva riportato a quel momento. Quando, da solo, seduto sul letto, con un grande bicchiere d'acqua e lacrime pungenti, aveva ingoiato una pastiglia, poi un'altra e un'altra ancora. Si ritrovò ad assumere una posizione dimessa, chinò impercettibilmente la testa, lo sguardo tornò a fissare il pavimento.

«Non lo so, non lo so… Non lo so nemmeno io.»

Luigi scoppiò in una fragorosa risata.

«Sentito? Non lo sa. Non lo sa…» Spinse all'indietro e di lato la testa con un atteggiamento di superiorità e, crudelmente, aggiunse: «Piagnucoli sempre e non sai nemmeno perché».

Vittorio iniziò a tremare, con uno scatto si portò le mani prima sugli occhi e poi sulle orecchie. Non voleva più né vedere né sentire. Si lasciò scivolare giù dalla sedia e si rannicchiò ai piedi di Alberto, il paziente seduto accanto a lui.

Alberto Alvise era il più giovane di tutti, a soli diciassette anni la vita lo aveva costretto a subire una grande perdita, un trauma difficile da elaborare per un adolescente. Partecipava alle sedute da sette mesi. Il suo psichiatra, oltre all'assunzione di ansiolitici e antidepressivi, lo aveva esortato a partecipare alle sedute di gruppo, che avrebbero potuto aiutarlo a rielaborare il lutto per la perdita dei suoi genitori e della sorella, morti in un incidente stradale nel quale solo lui era rimasto illeso. Di fatto, era riuscito a fare qualche passo avanti. Riusciva a parlarne senza piangere, ma continuava a svegliarsi all'improvviso nel cuore della notte, sudato e con il cuore che batteva forte nel petto. Con una grande sensazione di angoscia e di vuoto e l'inspiegabile senso di colpa per essere ancora lì, vivo.

Il ragazzo non si mosse di un millimetro. Guardò Vittorio accasciato e tremante ai suoi piedi e poi si rivolse a Luigi.

«Smettila! Stai zitto!»

«Sì, smettila Luigi. Se qui non stai bene, allora vattene» aggiunse Fabio, quasi gridando.

Tutti, tranne Vittorio, cominciarono a inveire contro Luigi, che continuava a ridere con strafottenza. Quel momento di rabbia condivisa stava dando a ognuno dei partecipanti l'occasione per scaricare le proprie tensioni.

«Mia figlia è stata uccisa» disse il paziente seduto davanti alla finestra. Dapprima a bassa voce, così la frase rimase coperta dalla discussione concitata degli altri pazienti. Poi lo ripeté con voce più forte e decisa: «Mia figlia è stata uccisa».

Nello stanzone scese un silenzio tombale. Non solo per la gravità di quell'affermazione, ma anche per la sorpresa di sentire per la prima volta la voce di Renzo Chellini.

Rimasero tutti fermi. Qualcuno, in imbarazzo, prese a fissare un punto indefinito nella stanza, qualcun altro, addirittura impaurito, si ritrasse sulla sedia in posizione di difesa. Anche Luigi, che fino a quel momento aveva fatto lo sbruffone, si acquietò.

La dottoressa Ochs scambiò uno sguardo con i due infermieri. Poi si alzò e si avvicinò alla finestra. Si sedette di fianco a lui e, nel modo più gentile possibile, gli chiese: «Renzo, potresti ripetere, per cortesia?».

«Mia figlia non si è suicidata. È stata uccisa. Ne sono certo.»

18

La soluzione del caso era piaciuta a tutti. Il questore, i vertici romani e il procuratore della Repubblica avevano apprezzato la rapidità con cui si era chiusa l'indagine. Gli organi investigativi auspicano sempre soluzioni celeri perché non amano restare a lungo sulla graticola alimentata dai media, esposti al giudizio dell'opinione pubblica e alle pressioni provenienti dalla scala gerarchica. Anche la stampa sembrava soddisfatta. Il profilo del colpevole si prestava al gossip e attirava la curiosità morbosa della gente di provincia. Il pornoattore e la ballerina di night, cronaca nera e rosa insieme.

Casabona si trovava nel suo ufficio, nonostante fosse domenica. Una domenica mattina di metà novembre, fredda e uggiosa come sapevano esserlo le giornate autunnali a Valdenza.

In questura regnava la calma del giorno festivo.

Il commissario stava riascoltando le conversazioni telefoniche che i ragazzi addetti al servizio di intercettazione avevano classificato come "rilevanti". Tenerle sotto controllo, nonostante la chiusura di fatto delle indagini, era stata una forzatura. Si era ripromesso di parlarne l'indomani con il dottor Boccuso. Per una questione di correttezza e di rispetto personale, oltre che professionale. Se le strategie investigative non si condividono tra polizia giudiziaria e pubblico ministero prima o poi le cose finiscono per mettersi male. La fiducia reciproca è basata sulla correttezza e sul rispetto per le funzioni dell'altro. Nessuno deve sentirsi strumentalizzato o, come si dice in questi casi, tirato per la giacca.

Il personale che effettuava il primo ascolto era sempre lo stesso. Per ogni indagine si sceglievano due, tre agenti che si davano il cambio nei turni. In questo modo, ognuno di loro imparava a riconoscere la voce degli interlocutori, a interpretarne il tono, lo stato d'animo, gli ammiccamenti e persino i silenzi e le omissioni. Un'intercettazione poteva durare mesi, durante i quali la vita degli intercettati passava attraverso le cuffie e diventava trasparente, in tutti i suoi aspetti.

Il commissario leggeva sul monitor le sintesi delle conversazioni riportate nel brogliaccio e decideva, con un clic del mouse, quale approfondire.

Procedimento: 2199/01
Decreto: 63/01 R. Int. P.M.
Intercettazione: Fisso "Fragolina Time"
Prog. 313
Voce femminile chiama la casa di produzione, risponde il titolare Fedele Tuci
[F]: Voce femminile (Silvia) – [T]: Tuci
...omissis...

F: Io e mio marito siamo veramente dispiaciuti per quello che è successo, sembrava tanto un bravo ragazzo... Guarda non riusciamo ancora a farcene una ragione...
T: A chi lo dici Silvia, io ancora non mi capacito che abbia potuto fare una cosa del genere... ma poi, parliamoci chiaro...
F: Dimmi...
T: Ma ti pare che era uno a cui mancava il modo per divertirsi con le donne?

F: *Appunto... perciò non riusciamo a spiegarci questa cosa...*
Ma senti, ora che... insomma, Fedele, siamo sicuri... non è che
la polizia viene a spulciare nelle cassette... le liberatorie, sai...
e ci sputtana tutti?

T: *Assolutamente... ma non dirlo nemmeno per scherzo...*

F: *Lo sai come vanno queste cose con loro... c'è sempre qualcuno*
che sputtana tutto ai giornali... ci rovinano... tu lo sai che gente
siamo noi... mio marito sarebbe finito.

T: *Dovete stare tranquilli... Per la verità sono passati, una volta,*
ma hanno voluto vedere solo l'armadietto di Luca... Le libera-
torie e le registrazioni integrali ora le ho messe al sicuro... Di' a
tuo marito di stare tranquillo.

F: *Va bene... Ora devo salutarti... Però, a trovarlo ora uno come*
Luca... certo che ci sapeva fare... Non mi ci far pensare, via,
altrimenti non esco più...

T: *Ciao Silvia, buona giornata e saluti a Vincenzo.*

F: *Ciao Fedele, riferirò.*

Termina la conversazione

Procedimento: 2199/01
Decreto: 62/01 R. Int. P.M.
Intercettazione: Cellulare tecnico "Fragolina Time"
Prog. 21
Voce maschile chiama il tecnico della "Fragolina Time" Corrado
Recale
[M]: Voce maschile (Mauro) – [R]: Recale
...omissis...

M: *Certo che solo un coglione poteva fare una cosa del genere...*
ci ha messi tutti nella merda... ma cosa gli è saltato in mente...

R: Non mi dire niente Mauro… l'altra sera mi sono dovuto sorbire quelle teste di cazzo della questura per due ore… hanno messo mano dappertutto… mi stanno sui coglioni, lo sai…

M: Gli sbirri fanno quello che devono fare… il bastardo è stato lui… e poi ammazzare una povera ragazza così… sempre che sia stato veramente lui… io mica ce lo facevo così… pensandoci mi sembra impossibile.

R: Se è per questo, anche io faccio fatica a crederci…

M: Comunque, io per un po' non mi faccio vedere da quelle parti… sai com'è.

R: Fai bene… potessi farlo anch'io…

M: Ci sentiamo, ciccio… passa al bar qualche volta, è acqua in bocca… a me non mi conoscete… io non voglio entrarci in questa storia… mia moglie mi ammazza se viene a sapere qualcosa…

R: Okay… ci si vede Mauro.

Termina la conversazione

Procedimento: 2199/01
Decreto: 60/01 R. Int. P.M.
Intercettazione: Cellulare titolare "Fragolina Time"
Prog. 92
SMS in entrata sul cellulare del titolare della "Fragolina Time" Fedele Tuci
"Sono Francesca, mio marito è già venuto da voi? Fai scomparire tutto quello che mi riguarda altrimenti è la fine."

Procedimento: 2199/01
Decreto: 61/01 R. Int. P.M.
Intercettazione: Cellulare titolare "Fragolina Time"
Prog. 93

"Tranquilla, è venuto ma non gli abbiamo detto nulla di te."

Casabona fu percorso da un brivido. Qualcosa di simile a una scossa elettrica gli attraversò il corpo e gli annebbiò il cervello.

Diede un'occhiata al campo che riportava l'utenza da cui proveniva il messaggio. Era stato inviato da un numero di cui non si aveva ancora l'intestatario. Lo confrontò con quello della moglie ma era diverso.

"Calma, non può essere. Francesca è uno dei nomi femminili più diffusi in Italia. È solo una coincidenza" si disse.

Fece una ricerca nel sistema inserendo anche il suo numero di casa, ma non venne fuori niente.

"Ecco perché era così cambiata negli ultimi tempi. Tutte quelle uscite misteriose, quella freddezza… Certo, non potevo mica competere con Luca Simoni. Lui giovane, prestante ed esperto. Io con la noia dei percorsi ripetuti, delle cose già fatte troppe volte, nello stesso luogo, nello stesso modo. Ecco cosa voleva dire quando, la notte di Capodanno, diceva che l'abitudine fa dare per scontate anche cose che non lo sono. Che non si può pensare di sapere com'è fatta una persona solo perché la si è vista tante volte agire in un certo modo" pensò ancora. Poi la rivide nella sua mente quando, quella stessa notte, gli aveva chiesto: «Tu pensi veramente di conoscermi, Tommaso? Di aver scoperto tutto di me?».

Provò a inserire il nome "Francesca", ma trovò solo quel messaggio.

"Non è possibile, basta. Sto impazzendo. Devo smetterla… È assurdo" si impose.

Ormai mancava da casa da una settimana e Francesca non si

era fatta sentire. Come se fosse stata del tutto indifferente alla sua assenza. Aveva cenato con Chiara qualche sera prima, ma gli mancava terribilmente la sua dimensione familiare, i punti di riferimento di una vita. Persino l'affetto che riusciva a trasmettergli Snaus, il pastore tedesco, con la sua semplice presenza.

Decise che era meglio chiudere tutto e andare a fare due passi in attesa dell'ora del pranzo. Indossò il cappotto nero, alzò il bavero e lo chiuse con la sciarpa a quadri che gli aveva portato sua figlia da Barcellona.

Appena sceso in strada incrociò la famigliola felice che abitava di fronte. Probabilmente stavano rientrando dalla messa della domenica. Erano tutti e tre ben vestiti, sereni e sorridenti. Con la mano sinistra lui portava un vassoietto di pasticcini, lei seguiva la bambina che saltellava da una mattonella all'altra del marciapiede.

Si scambiarono un cenno di saluto. Poi Casabona allungò il passo e prese il corso che portava alla piazza del Duomo.

19

La settimana iniziò con la solita riunione del lunedì. Si teneva nell'ufficio del questore alle nove in punto. Partecipavano tutti i funzionari della questura. Sedevano intorno a un grande tavolo rettangolare, e chi arrivava in ritardo pagava il caffè per tutti. Per ritardo si intendevano cinque minuti al massimo, passati i quali non era più consentito l'accesso.

Si faceva il punto sui servizi di ordine pubblico del weekend passato e si programmava l'attività per la settimana successiva. Il primo a parlare era sempre il questore, che introduceva le tematiche principali, poi iniziava un giro in senso antiorario: il dirigente dell'anticrimine, della Digos, della Mobile e così via.

Casabona generalmente non aveva nulla da dire e passava la mano. Non perché alla squadra mobile non si lavorasse, ma per via del fatto che le informazioni sulle indagini in corso non potevano essere divulgate in quel modo. La regola della riservatezza sui procedimenti penali valeva anche in quella sede, quindi gli aggiornamenti avvenivano a tu per tu con il questore e non in una riunione allargata.

Terminato il cosiddetto "briefing del lunedì", Casabona andò a rintanarsi nel suo ufficio.

Aveva dormito poco e male. Il piccolo alloggio della questura non era per niente comodo e i pensieri che gli arrovellavano la mente erano alquanto molesti. Ci era voluto qualche bicchiere di rhum per farli rallentare un po'.

Voleva ascoltare le ultime telefonate registrate per poi andare a parlare con il dottor Boccuso in procura. Lo avrebbe messo al corrente di tutto, concordando con lui se continuare o meno a tenere le intercettazioni in piedi.

Di certo il lavoro non mancava. Durante la riunione, il questore gli aveva raccomandato di dedicarsi di più alle indagini sui reati predatori: troppi furti nelle abitazioni e scippi, negli ultimi tempi. I giornali enfatizzavano ogni episodio e l'opinione pubblica chiedeva più sicurezza. Qualcuno già minacciava di organizzare ronde di cittadini per le strade.

La politica ci sguazzava, soprattutto quella d'opposizione, che cercava di farsi interprete degli umori della gente. Il tema della sicurezza da qualche anno era diventato centrale per le forze politiche. Ormai, dopo la caduta del muro di Berlino, le ideologie erano morte. Nessuno più pensava di cambiare il mondo. Era troppo complicato e non si sapeva nemmeno bene cosa farlo diventare. I grandi progetti e le diverse visioni culturali del XX secolo avevano prodotto solo guerre e altri disastri. Via i grandi sogni, che si erano tramutati in incubi o, nella migliore delle ipotesi, in illusioni. A governare il mondo ora ci pensavano i mercati. La politica si preoccupava solo di renderlo più sicuro.

Casabona non sentì entrare Proietti, si accorse della sua presenza solo quando se lo ritrovò davanti alla scrivania. Si tolse la cuffia, mise in pausa il sistema di ascolto e lo fece accomodare.

«Scusami Tommaso, volevo solo chiederti se dobbiamo andare avanti con le intercettazioni. Non vorrei che in procura la prendessero male.»

«Hai ragione Fabio, ci avevo già pensato. Finisco di riascoltare le ultime conversazioni e vado a parlare con il dottor Boccuso.»

«Ma è venuto fuori qualcosa di utile per le indagini?» chiese l'ispettore.

«Nulla. Solo tanta gente che ha paura di essere sputtanata. Donne e uomini che temono di essere scoperti da mariti e mogli, oppure di perdere la loro aureola di persone serie e morigerate.»

«E qual è la novità? È una storia vecchia come il mondo. Siamo fatti così, non si salva nessuno» commentò Proietti senza scomporsi più di tanto.

«È vero, però fa sempre un certo effetto a guardarla da fuori. Quando ci sei dentro, ti sembra tutto naturale. Ti senti anche in gamba quando fai certe cose e la passi liscia, afferrando piaceri che altrimenti non ti spetterebbero. Però, quando vedi come stanno le cose dall'esterno, non ci trovi nulla di eccitante, solo tanto squallore. Soprattutto se pensi che sei, o sei stato, come loro.»

L'ispettore lo guardò senza dire nulla. Allora Casabona si sentì in dovere di specificare.

«Non voglio fare il moralista Fabio. So bene come va il mondo e ho sempre pensato che ognuno della propria vita privata può farne ciò che vuole. Basta che le cose avvengano tra persone adulte e consenzienti, ognuno è libero di esprimere come più gli aggrada la propria sessualità. È il teatro delle maschere che c'è dietro che trovo banale e di pessimo gusto. Passiamo la nostra esistenza a creare apparenze che non ci corrispondono, a realizzare aspettative di altri che riusciamo a tenere in piedi solo usando inganno e ipocrisia.»

Proietti chiuse il discorso con una riflessione delle sue.

«Io penso che tutto nasca dal fatto che la vita è troppo breve e non la possiamo allungare, così proviamo ad allargarla, cercando di farci entrare dentro quante più esperienze possibili. Anche se si contraddicono tra loro e per farle coesistere dobbiamo prenderci in giro. E penso anche che al momento non sei nella condizione ideale per confrontarti con questo puttanaio, Tommaso. Scusami se mi permetto.»

Proietti ci aveva visto bene e il suo capo glielo confermò con un mezzo sorriso e un cenno della testa.

Proprio allora entrò il sovrintendente Bini.

«Commissario, mi scusi, c'è la dottoressa Mariella Ochs che vorrebbe parlare con lei.»

Casabona lo guardò sorpreso.

«E chi è questa dottoressa? Non la conosco. Ha detto cosa vuole da me?»

«Lavora al reparto psichiatrico dell'ospedale di Valdenza. Dice che un suo assistito le ha confidato che la figlia non si è suicidata, come tutti credono, ma che sarebbe stata uccisa.»

«Un suo assistito nel senso di un malato di mente?» chiese Casabona.

«Penso proprio di sì, visto il lavoro che fa» rispose Bini.

Il commissario allora si rivolse all'ispettore Proietti.

«Pensaci tu, Fabio. Vedrai che sarà una cazzata. Io devo assolutamente andare da Boccuso, altrimenti questa storia delle intercettazioni finisce male.»

20

La pioggia, che da una settimana batteva leggera su Valdenza, aveva preso una giornata di riposo. Un timido sole autunnale si era fatto spazio tra le nuvole. L'aria era fredda e ancora umida, ma valeva la pena di fare due passi tra le viuzze del centro storico per raggiungere il Tribunale. Inoltre l'appuntamento con il sostituto procuratore Giuseppe Boccuso era fissato alle dieci e mancavano ancora una ventina di minuti.

L'ingresso nella piazza del Duomo era uno spettacolo a cui non ci si abituava mai. Gli spazi, le prospettive, l'armonia degli edifici e il grande basolato in pietra procuravano sempre un istante di sorpresa per l'improvviso salto nel tempo che ne conseguiva.

Casabona si fermò a bere un caffè al bar all'angolo della piazza. Lo faceva sempre con un po' di apprensione, per via dell'enorme lampadario che dominava tutta la sala. Era una grande ruota ornata con corna di cervo, pesantissima e minacciosa se si alzava lo sguardo. La leggenda narrava che tutte quelle corna sarebbero cadute in segno di sconfitta quando sotto fossero passati un uomo o una donna che non erano mai stati traditi dal partner. Le leggende sono leggende, ma sta di fatto che il lampadario era ancora lì, e non mostrava segni di cedimento. Il commissario ormai ci si fermava da anni, ma quel giorno non poté fare a meno di pensare al contenuto di tutte le telefonate che aveva ascoltato nelle ultime ore.

Il tribunale si trovava nel vecchio palazzo Pretorio, costruito nel XIV secolo. Le pareti e il soffitto del cortile monumentale, dove ancora esisteva l'antico banco in pietra su cui un tempo sedevano i giudici, erano adornati con gli antichi stemmi di potestà, capitani e magistrati.

L'ufficio del dottor Boccuso era al terzo piano. Dalla sua finestra si godeva una splendida vista sulla piazza. Le guglie del Battistero quasi si potevano toccare allungando la mano.

Il sostituto procuratore lo accolse con la gentilezza di sempre. Stava studiando un procedimento con un centinaio di indagati per il quale, il giorno dopo, avrebbe dovuto sostenere l'accusa in dibattimento. Si trattava di una grossa operazione, conclusa proprio dalla squadra mobile, nei confronti di cinesi e italiani che favorivano e agevolavano l'immigrazione clandestina.

«Questi sono i regali che mi fate voi, commissario» disse ironico. «Meno male che il caso della ragazza ucraina si è chiuso da solo in breve tempo. Altrimenti c'era da andare al manicomio con tutta questa roba.»

Casabona, consapevole che stava per procurargli una cocente delusione, non sapeva da dove iniziare. Rimase un attimo a riflettere sulla strategia da adottare, ma bastò la sua espressione perché Boccuso capisse che c'era qualcosa che non andava.

Il magistrato abbassò il mento e lo guardò al di sopra degli occhialini dalla montatura rotonda, che gli conferivano un'aria da intellettuale di fine Ottocento.

«Perché il caso dell'omicidio di Tania Orlosky è chiuso, non è vero?»

«Non ancora, dottore. O meglio, diciamo non del tutto.»

Boccuso, nonostante il suo aspetto delicato e il fisico minuto, sapeva essere deciso quando era necessario.

«Cosa significa "non del tutto"? O è chiuso oppure non è chiuso.»

«Abbiamo un quadro indiziario molto solido a carico di Luca Simoni. Alcuni testimoni affermano che frequentava la vittima, i tabulati telefonici confermano i contatti tra i due e rivelano che agganciavano la stessa cella la notte del delitto, sulla sua auto sono stati trovati gli abiti della donna uccisa ed è sua l'impronta sulla tanica che conteneva il liquido infiammabile con cui è stato dato fuoco al cadavere.»

«E allora? Cosa ci manca?»

«Ci manca un movente, nessuno ci ha parlato di liti o dissidi tra i due, non conosciamo il luogo del delitto e non abbiamo un profilo criminale da attribuire a Luca Simoni. Tutti ne hanno parlato come di una persona equilibrata e tranquilla.»

«Ma se faceva l'attore porno.»

«Questo ci fa escludere tutta una serie di motivazioni di carattere sessuale, visto che non gli mancava occasione per sfogarsi, ma non aggiunge nulla.»

Boccuso cominciò a convincersi che le cose potevano anche non essere così come volevano apparire. Sia per i dubbi che aveva esposto Casabona ma, soprattutto, perché di lui si fidava e credeva molto nelle sue capacità investigative.

«Va bene, commissario. Se la situazione non è chiara, indagheremo ancora. Potremmo riallacciare le intercettazioni telefoniche.»

«Quelle non le abbiamo ancora staccate, dottore.»

Boccuso accusò il colpo e si irrigidì. Casabona se ne rese conto e anticipò la sua reazione.

«Ho pensato di lasciarle andare ancora un po' per ascoltare le reazioni dell'ambiente frequentato dal Simoni alla notizia della sua morte. Se anche fosse stato lui a uccidere la ragazza, come sembra, potrebbe aver avuto dei complici. Ci potrebbe essere un contesto, anche solo agevolativo, sul quale varrebbe la pena indagare.»

Boccuso non era contrariato per il fatto in sé. Sulla buona fede di Casabona avrebbe messo la mano sul fuoco. Conosceva bene lo spessore della sua etica professionale, e le ragioni che lo avevano indotto a proseguire nell'ascolto telefonico erano fondate. Tuttavia, non poteva lasciar passare la cosa senza un minimo di disappunto. Glielo imponeva la sua, di etica professionale. Cercò di farlo nel modo più rapido e leggero possibile.

«Commissario, se un'intercettazione deve essere iniziata o se deve continuare, lo dispone il giudice su mia richiesta. Oppure posso farlo io nei casi d'urgenza, ma non la polizia giudiziaria. Altrimenti possono nascere vizi di forma capaci di mandare all'aria un intero processo. Lei questo lo sa, non è vero?»

«Lo so, dottore. Mi scusi, ma questa volta è andata così.»

«Nessun problema. Sono sicuro che si è trattato di un disguido e che non si ripeterà più. Non intacca la fiducia che nutro nei suoi confronti. Ma da questo momento in poi, mi tenga informato su tutto. Il mio numero di cellulare ce l'ha, mi può chiamare a qualsiasi ora del giorno e della notte. E adesso, le auguro buon lavoro.»

21

Al rientro, Casabona trovò la dottoressa Ochs ancora seduta in sala d'aspetto. Se ne andò nel suo ufficio, si tolse il cappotto e lo appese all'attaccapanni. Si sedette dietro la scrivania e chiamò Proietti per chiedere spiegazioni.

«Ho finito di scrivere la sua dichiarazione. Non è che avesse molto da dire. È specialista in psicoterapia cognitiva e tiene sedute di terapia di gruppo ogni mercoledì e venerdì presso il reparto psichiatrico dell'ospedale. Partecipano sei pazienti, tutti maschi. Uno di questi, tale Renzo Chellini, è in cura perché dopo la morte della figlia, avvenuta una decina di giorni fa, si era chiuso in un totale isolamento e non comunicava più con nessuno. Venerdì scorso, durante l'ultima seduta, ha ricominciato a parlare e la prima cosa che ha detto è stata che la figlia non si è suicidata ma è stata uccisa. La dottoressa si è sentita in dovere di segnalare questa cosa.»

«Va bene, faremo degli accertamenti. Ma come mai è ancora qui?»

Proietti diede uno sguardo ad alcuni fogli che aveva in mano.

«La figlia si chiamava Laura, aveva venticinque anni e compare spesso nei tabulati telefonici di Luca Simoni. Ci sono molte conversazioni e SMS tra i due, soprattutto negli ultimi tempi. Quindi, ho chiesto alla dottoressa di trattenersi ancora un po'. Nel caso volessi fargli qualche domanda pure tu.»

Casabona, dopo l'iniziale sorpresa, ebbe una reazione quasi compiaciuta.

«Hai visto che questa storia non era così semplice come voleva apparire? Me lo sentivo che c'era dell'altro. Che bisognava solo aspettare e sarebbe saltato fuori. Chi si è occupato della morte della ragazza?»

«Chellini, insieme a un suo amico, gestisce "La siepe", una comunità agricola che si trova sulla montagna poco dopo il lago di Galleti. La figlia viveva lì con lui, perciò sono intervenuti i carabinieri della stazione vicina. Mi sono fatto mandare una copia del loro rapporto all'autorità giudiziaria. La donna fu trovata morta dal padre nel loro appartamento, in un lago di sangue. Si era tagliata il ventre con un coltellaccio da cucina. L'unica reazione di Chellini fu un grido di dolore che mise in allarme gli altri residenti nella comunità. Per entrare dovettero sfondare la porta. Lo trovarono in ginocchio davanti al corpo della figlia, sporco di sangue per aver tentato di rianimarla. Era nello stato descritto dalla dottoressa Ochs. Sguardo perso nel vuoto, totale isolamento da tutto e da tutti. Hanno dovuto alzarlo di peso da terra per portarlo in ospedale.»

«Ma perché hanno pensato a un suicidio?»

«Il medico legale ha accertato che la morte risaliva ad almeno due ore prima del ritrovamento del cadavere. Chellini era appena rientrato da Firenze, dove era stato insieme all'amico con cui gestisce la comunità e aveva trovato le porte e finestre regolarmente chiuse a chiave, senza segni di effrazione. Inoltre, è stato trovato un biglietto scritto dalla donna. Diceva: "Perdonami per quello che sto per fare, ma non ce la faccio più a vivere in questo stato". Il magistrato ha disposto una perizia calligrafica, che qualche giorno fa ha confermato l'autenticità del biglietto.»

Casabona stava per accendersi un mezzo sigaro. Poi si ricordò che doveva incontrare la psichiatra e optò per una gomma da masticare.

«Ma allora perché il padre adesso parla di omicidio?»

«Questo bisognerebbe chiederlo a lui, Tommaso.»

«Va bene, sentiamo cosa ci può dire la dottoressa.»

Casabona, quando vide entrare la donna, senza farsene accorgere, buttò la gomma nel cestino. Le andò incontro, si presentò e la fece accomodare, scusandosi per la lunga attesa. La ringraziò per la sensibilità che aveva dimostrato venendo a denunciare i fatti di cui era venuta a conoscenza nel corso della sua attività professionale e le chiese di parlargli di Renzo Chellini e della sua patologia.

«In verità, non è ancora possibile fornire una diagnosi, nel senso scientifico del termine. Il paziente ha manifestato alterazioni solo da dieci giorni e, secondo il Manuale diagnostico dei disturbi mentali, è necessario un periodo d'osservazione più lungo per avere una diagnosi, variabile a seconda della patologia. Però posso dirle che, quando è stato preso in carico, era in stato catatonico, totalmente incapace di interagire col mondo esterno.»

Casabona nutriva un sentimento contrastante nei confronti di chi si occupava di psicologia e problemi mentali. Una certa ammirazione, perché conoscevano le risposte su comportamenti umani che ai più risultano misteriosi. O almeno pensavano di conoscerle. E una forma di diffidenza, perché si sentiva sotto osservazione, e questa cosa non gli piaceva per niente. Senza contare, poi, che di psichiatri matti da legare ne aveva visti tanti nel corso della sua carriera, quindi la sua fiducia era tutta da conquistare.

La dottoressa Ochs, in quei pochi minuti, ci era riuscita.

Era una donna elegante. Indossava un tailleur grigio che evidenziava la linea armonica del corpo. Aveva un certo fascino che le proveniva da un innato distacco, forse accentuatosi per via della sua professione. Calma, riflessiva, misurata nel comportamento.

«Ma che cosa le ha detto della morte della figlia?»

«Come ho spiegato al suo collega, non mi ha rivelato molto. Venerdì scorso, quasi alla fine della seduta, lo abbiamo sentito parlare per la prima volta. Ha pronunciato le seguenti parole: "mia figlia è stata uccisa". Io mi sono avvicinata, gli ho chiesto di ripetere e lui ha detto: "mia figlia non si è suicidata. È stata uccisa. Ne sono certo". Alla fine dell'incontro sono rimasta da sola con lui e ho cercato di farlo parlare. Durante il colloquio la mimica era inespressiva, il tono di voce alternava fasi di normalità a momenti in cui sussurrava parole incomprensibili, come se non stesse più parlando con me ma con se stesso. Era orientato nei parametri spazio temporali e sul sé, ma non ricordava, o comunque non diceva più nulla riguardo al decesso della figlia. Si potrebbe parlare di amnesia dissociativa di natura traumatica, ma si tratta soltanto di una prima ipotesi diagnostica. Anzi, visto che il periodo di tempo dimenticato ha confini netti e coincide con quello in cui si è verificato l'episodio traumatico, parlerei di amnesia selettiva.»

«Ma se non ricorda niente, come fa a dire che la figlia è stata uccisa?»

«Ha detto di aver avuto dei flash, tipo visioni. All'improvviso gli sono apparsi dei frammenti di ricordo. Un uomo di spalle che colpiva la donna al ventre con un coltello... Lo so che sembra strano, ma questo è ciò che mi ha detto.»

«È plausibile da un punto di vista medico?»

La dottoressa Ochs si prese un po' di tempo per rispondere. Voleva trovare le parole giuste per restare ancorata al piano scientifico.

«È un quadro non molto frequente con queste caratteristiche, ma qualche caso è stato descritto in letteratura. Alcuni autori ritengono che, a fronte di uno stress molto forte, difficile da gestire emotivamente, si possano instaurare meccanismi di difesa che fungano da protezione dall'evento che per il soggetto è altamente traumatico. Dal punto di vista neurofisiologico, non è chiaro cosa accada, sono state fatte molte ipotesi e l'attenzione dei ricercatori è rivolta principalmente al sistema limbico e alle sue connessioni a livello corticale. Il sistema limbico è un circuito costituito da una serie di strutture cerebrali interconnesse tra loro e deputate alla regolazione di numerose funzioni tra cui appunto l'emotività e la memoria a breve termine. È a questo livello che scatta qualcosa, causando la cancellazione del ricordo traumatico. La dissociazione, insomma, impedisce l'immediata elaborazione dell'evento traumatico, funge da difesa attraverso uno sbarramento. Del resto può accadere che, in seguito a particolari eventi esterni o durante un percorso psicoterapeutico, il soggetto riacquisisca il ricordo temporaneamente rimosso e lo riporti a un livello di coscienza accessibile. Come se, all'improvviso, si accendesse un faro nel buio su una fotografia o partisse uno spezzone di filmato.»

Casabona era affascinato dalla spiegazione della dottoressa, sarebbe rimasto ad ascoltarla per ore. Lei se ne accorse e fece un sorrisino leggermente imbarazzato.

«Commissario, più di questo non saprei cosa dire.»

«Non si preoccupi, è stata molto esauriente. Ma mi dica, potremmo parlarci anche noi con Renzo Chellini? Naturalmente insieme a lei.»

«Possiamo provarci. Venite domani mattina alle undici in ospedale.»

Si alzò per andar via. Poi si ricordò di qualcosa che aveva nella borsa. Un foglio di carta stropicciato che passò a Casabona.

«Dopo la seduta, per terra, abbiamo trovato questo. È un foglio su cui Chellini stava scrivendo prima di lasciarsi andare alle affermazioni sull'uccisione della figlia. Magari potrebbe esserle utile. Lo tenga pure, ho fatto una copia per la sua cartella clinica.»

Sul foglio, con una penna nera e una calligrafia molto elegante, ogni lettera ripassata più volte, Chellini aveva scritto: "Ho il potere di deporre la mia anima e il potere di riprenderla".

22

La dottoressa Ochs andò via, lasciando Casabona nel suo ufficio a fissare quel foglio di carta che aveva steso con cura sulla scrivania davanti a sé.

Si stava chiedendo che significato potesse avere quella frase e cosa c'entrasse con la tragica morte della ragazza, omicidio o suicidio che fosse. Perché il padre aveva sentito il bisogno di scriverla? Era evidente che si trattasse di qualcosa di spirituale. C'era il riferimento all'anima. Forse era un passo della Bibbia o del Vangelo, invocato come una preghiera per trovare la forza di resistere a un tormento così profondo come la morte di una figlia. Deporre la propria anima e poi riuscire a riprendersela. Tutti gli esseri umani, prima o poi, si trovano davanti a una sfida così grande. In genere per via di un forte dolore che ha fatto franare, all'improvviso, la strada sulla quale camminavano. Cadere e rialzarsi. Morire e rinascere.

L'ispettore Trimboli chiese il permesso di entrare e lo ricondusse alla realtà. Era appena tornato da Firenze con il fascicolo dei risultati degli esami genetici. Lo appoggiò sulla scrivania davanti a Casabona, che aveva appena riposto il foglio sgualcito in un cassetto.

«Il tampone vaginale sulla vittima ha dato esito positivo. È stato isolato un profilo di DNA maschile che corrisponde perfettamente a quello di Luca Simoni.»

«Perfetto. Ulteriore conferma delle sue responsabilità» commentò il commissario senza alcun entusiasmo.

«Non solo» aggiunse l'ispettore della Scientifica.

«C'è dell'altro?»

«L'abbiamo confrontato con i profili genetici ottenuti dalle analisi delle tracce provenienti dalle scene del crimine e conservati al Servizio Polizia Scientifica di Roma. Così è venuto fuori un bel casino. Una corrispondenza totale con una sequenza di DNA isolata su un reperto collegato con un altro omicidio. Quello di una donna italiana trovata morta e semicarbonizzata nelle cantine di un casolare abbandonato, la zona è la stessa del cadavere della ragazza ucraina.»

Casabona si drizzò sulla sedia.

«Porca miseria, allora ci siamo imbattuti in un serial killer. Mi sembra una scoperta importante, altro che casino. Ma di che omicidio si tratta? Non me ne ricordo di recenti in quella zona.»

«Infatti. Non se lo ricorda perché né io né lei eravamo ancora entrati in Polizia. L'omicidio risale alla fine degli anni Sessanta. Il corpo della donna fu rinvenuto il 23 settembre del 1969, per la precisione.»

Il commissario rimase a bocca aperta. Corrugò la fronte e fissò Trimboli con lo stesso sguardo cattivo di chi si accorge che è in atto un tentativo di truffa nei suoi confronti.

«Ma che diavolo dici? Mi vuoi prendere in giro? Luca Simoni è nato nel 1970.»

«Infatti, è proprio quello il problema. Simoni è nato nel 1970 e il suo DNA coincide perfettamente con quello rinvenuto su un reperto trovato sulla scena di un crimine avvenuto nel 1969. Un anno prima della sua nascita.»

«Ma ci sarà stato un errore. E poi, come fate ad avere il DNA per un crimine del 1969? Non esisteva ancora questa tecnica» sbottò

Casabona. Poi allungò il braccio in direzione della porta. «Trimboli se stamattina hai tempo da perdere, hai sbagliato stanza. Non sono dell'umore giusto per queste stronzate.»

L'ispettore si affrettò a continuare. «Il DNA fu acquisito tre anni fa sui reperti sequestrati all'epoca del delitto. Lo fece direttamente l'Unità Delitti Insoluti di Roma.»

Casabona si appoggiò con i gomiti sulla scrivania e incrociò le mani. Ripeté un paio di volte, parlando tra sé: "Non è possibile". Poi si alzò e si avvicinò alla finestra. Diede uno sguardo all'esterno senza un obiettivo preciso. Solo per poter continuare a pensare. Si voltò di nuovo verso Trimboli.

«Dovremmo avere un fascicolo di questo omicidio. L'Unità Delitti Insoluti non poteva fare tutto da sola, avrebbe dovuto informarci. I reperti e gli atti dell'indagine dovrebbero essere qui.»

«La zona non era di nostra competenza, dottore. Il casolare dove fu rinvenuto il corpo della donna si trova poco oltre il confine di Valdenza, vicino al lago di Galleti. Dove hanno trovato l'auto con il corpo di Luca Simoni. Se ne occupò la squadra mobile di Firenze.»

Il commissario tornò a sedersi spingendo indietro lo schienale della sedia fino a toccare il muro. Ci pensò sopra ancora un po', poi decise.

«Se le cose stanno così, non ci resta che andare direttamente a Roma. Così potremo chiedere spiegazioni anche a quelli della genetica forense del Servizio Polizia Scientifica. Perché una spiegazione deve esserci per forza.»

23

Casabona partì per Roma il pomeriggio stesso. Fissò un incontro per le diciassette alla Direzione Centrale Anticrimine. Fece in tempo solo a mangiare un panino e a mettersi la cravatta, accessorio che odiava ma che era d'obbligo negli uffici centrali romani.

Si fece accompagnare dal sovrintendente Stefano Bini con la 156 nera. L'ispettore Proietti rimase a Valdenza, dal momento che aveva degli interrogatori già fissati e non poteva rinviarli.

All'inizio del viaggio in autostrada, Casabona se ne rimase zitto a osservare la campagna che sfilava veloce al di là del finestrino puntellato dalla pioggia.

Pensava che a Roma avrebbe potuto incontrare Cristina Belisario, la collega con la quale aveva condiviso dei bei momenti, quando avevano lavorato insieme sul caso del bibliotecario. Questa eventualità lo turbava. Non era pronto per un incontro del genere. Si sentiva vulnerabile. Stava attraversando un periodo difficile e aveva bisogno d'aiuto, ma Cristina era, al tempo stesso, la persona più adatta e la meno indicata, per poterglielo dare. Lo avrebbe accolto con la sua dolcezza, rassicurante e comprensiva. Gli avrebbe curato le ferite lasciategli dentro da Francesca, e lui si sarebbe sentito meglio. Fino a dimenticare. Ma era proprio questo che non voleva. Era la solita storia del "chiodo scaccia chiodo". Dell'uomo che passa da una donna all'altra e vive nell'illusione di scegliere, mentre in realtà si lascia solo andare alla corrente che lo trascina. Incapace di fermarsi un attimo e decidere, da solo.

Bini, per fortuna, non era uno che amava il silenzio. Né, tantomeno, le facce tristi. Come se gli avesse letto nella mente, lo provocò con una battuta delle sue. Ma lo fece con un tono di voce serio e rispettoso, tale da metterlo al riparo da reazioni infastidite.

«Dottore, come si dice, non tutto il male viene per nuocere. Chissà che alla riunione non trovi anche il commissario Belisario. Mi perdoni se mi permetto la confidenza, se non ricordo male era nato un buon rapporto tra di voi. Sicuramente le farà piacere rivederla.»

Casabona non rispose subito. Rimase ancora un po' a guardare la strada alla sua destra. Poi pensò che negare sarebbe stato inutile. All'interno della Mobile i segreti duravano poco. Si viveva insieme per gran parte della giornata; pensare di poter tenere nascosti cambiamenti così importanti nella propria vita era solo un'illusione.

«Non è il momento giusto, Bini. È vero, c'è stata una buona collaborazione all'epoca, dalla quale è nato anche un ottimo rapporto personale, però ora non sarei in grado di pensare a lei, o a qualsiasi altra donna, in modo diverso da quello professionale. Vorrei risolvere i miei problemi da solo. E con questo, l'argomento è chiuso.»

Il sovrintendente, mentendo in maniera spudorata, cercò di rimediare.

«Mi scusi, dottore, volevo solo fare una battuta. Non sapevo che stava attraversando un periodo particolare.»

Casabona lo guardò un attimo. Con la testa pelata e gli occhi vispi incollati alla strada, era fin troppo serio per risultare credibile. E chi lo conosceva non poteva non accorgersene. Allora sbottò: «Ma vaffanculo, Bini».

Si fecero una risata.

Poi Casabona aggiunse: «Te lo concedo perché ci sei passato prima di me».

In passato Bini aveva vissuto una separazione che lo aveva logorato sotto tutti i punti di vista, ma poi era riuscito a risollevarsi e a restituire un verso alla propria vita affettiva. Il rapporto con i suoi figli, che amava profondamente, ne aveva inevitabilmente risentito provocandogli un profondo senso di frustrazione. Ma aveva tenuto duro e adesso il peggio sembrava passato. Nonostante tutto aveva conservato viva l'innata capacità dissacratoria dei toscanacci, in grado di sdrammatizzare ogni cosa guardandola con la lente dell'ironia.

«Proprio perché ci sono passato prima di lei mi permetto di sdrammatizzare un po'. Le fa bene.»

«Grazie» concluse il commissario.

Allentò il nodo della cravatta e slacciò il primo bottone della camicia.

«La odio» disse.

«A chi lo dice» confermò Bini. «Però, come insegnano i francesi, *noblesse oblige.*»

«Ma quale nobiltà… Le peggiori canaglie che ho conosciuto, ci dormivano pure con la cravatta. Magari bastasse una striscia di stoffa per trasformare un mascalzone in una persona per bene. Se fosse così, si potrebbe usare come pena accessoria dopo una condanna, al posto degli arresti domiciliari. Tipo: tre mesi di cravatta per rieducare alla nobiltà d'animo.»

Tra una battuta e l'altra, il viaggio durò un attimo. Questo era il bello di passare qualche ora con il sovrintendente Bini. Alla fine diventava tutto più leggero e sopportabile.

24

L'Unità Delitti Insoluti si trovava in una delle tre palazzine della Direzione Centrale Anticrimine della Polizia di Stato, il cosiddetto "Polo Tuscolano". Era composta da personale del Servizio Centrale Operativo e del Servizio Polizia Scientifica, e aveva il compito di coordinare tutte le attività investigative sui delitti irrisolti, i cosiddetti *cold case*.

La riunione si doveva tenere nell'ufficio del responsabile dell'Unità, il dottor Nicola Lisi. La stanza non era molto grande. Oltre alla scrivania, c'erano due divanetti in pelle nera con un tavolino, in un angolo, e sul lato opposto un grande tavolo rettangolare con otto sedie. Una delle pareti era occupata da un armadio che serviva anche da libreria; l'altra, quella dal lato del tavolo, era completamente tappezzata di attestati di merito e premi.

Quando Casabona arrivò, il dottor Lisi era al telefono con il suo direttore. Gli diede distrattamente la mano e gli fece cenno di accomodarsi su una delle due sedie davanti alla scrivania. Prendeva appunti su un block-notes e rassicurava il suo interlocutore man mano che annotava.

Dalle risposte che dava si capiva che aveva ricevuto l'incarico di preparare un appunto sul numero di casi di cui si era occupata l'Unità da quando era stata costituita e su quelli che avevano trovato una soluzione.

Si avvicinava la fine dell'anno ed era tempo di bilanci. Il Ministro dell'Interno era tenuto a presentare relazioni sull'attività delle forze dell'ordine al Parlamento, così si rivolgeva al Capo della Polizia che, sua volta, si rivolgeva ai direttori dei vari dipartimenti, che contattavano i responsabili degli uffici. I dirigenti degli uffici, infine, incaricavano i loro funzionari. Infatti, non appena il direttore chiuse la conversazione, il dottor Lisi, senza nemmeno mettere giù la cornetta, chiamò una sua collaboratrice invitandola a raggiungerlo. Un minuto dopo le aveva già spiegato come doveva essere scritto l'appunto e quali dati avrebbe dovuto includere, quindi l'aveva congedata.

Casabona assistette distratto a tutta quell'attività. La sua attenzione era infatti attratta dalla grande finestra posta proprio alle spalle del dottor Lisi. Dava su un immenso campo verde, alla fine del quale riprendeva il groviglio di strade che collegavano gli enormi palazzoni della periferia romana.

"Che schifo di posto. E pensare che queste file di edifici grigi e anonimi che nascondono il cielo gli americani le chiamano *skyline*", commentò tra sé.

Lisi lo vide fissare la finestra.

«Ti piace? Bello, vero?» gli chiese.

Andava orgoglioso del suo ufficio. Gli ricordava quelli dei film hollywoodiani, dove gli uomini di potere hanno le pareti di vetro affacciate sulla città. Istintivamente cambiò posizione, spingendosi indietro con lo schienale della sedia per adattarsi meglio alla parte. Aveva lasciato la giacca dell'abito blu ministeriale appesa sull'attaccapanni all'ingresso. Indossava una camicia bianca con le iniziali ricamate e una cravatta bordeaux. In effetti l'impressione del top manager la dava, con i suoi cinquant'anni e gli occhiali da vista dalla montatura leggera, all'ultima moda.

"Perché deluderlo?" si chiese il commissario.

«Bello. Veramente molto bello» rispose.

Entrò anche il rappresentante del Servizio Polizia Scientifica, il dottor Mario Bernacchi. Aveva qualche anno in più di Lisi, ed era appesantito, con i capelli completamente grigi. Anche lui in giacca, camicia e cravatta, ma scelti un po' a caso, tanto perché bisognava indossarli. Era accompagnato dalla biologa Stefania Alessandroni, l'esperta in genetica forense. Una donna alta e magra, con i capelli castani legati all'indietro e gli occhi chiari che spiccavano sulla carnagione scura. Indossava ancora il camice da laboratorio. Probabilmente il suo capo l'aveva convocata all'ultimo momento e non aveva fatto in tempo a cambiarsi.

Ora c'erano tutti. Fatte le presentazioni, si sedettero intorno al tavolo rettangolare. La riunione poteva avere inizio.

Casabona illustrò il caso della ragazza trovata morta sotto il ponte di Campanelle. Parlò dell'attività investigativa compiuta e della rapida soluzione alla quale si era giunti e di quanto questa non lo convincesse del tutto. I suoi dubbi, poi, erano ulteriormente aumentati dopo il risultato degli accertamenti di genetica forense. Consegnò un appunto riepilogativo e attese i chiarimenti per i quali si era fatto tre ore di viaggio sotto la pioggia da Valdenza a Roma.

Nicola Lisi aprì un fascicolo rosso che aveva portato dalla sua scrivania. Sulla copertina c'era scritto: "Omicidio Loretta Magnani – questura di Firenze".

«La mattina del 23 settembre del 1969, due cacciatori trovarono il cadavere di una donna nelle cantine di un casale abbandonato nei pressi del lago di Galleti, appena entrati nella provincia di Firenze. Erano usciti per una battuta di caccia. Avevano l'abitudine di lasciare la macchina vicino al casolare, cosa che fecero anche quel giorno. Appena scesi dall'auto, sentirono un forte odore di carne bruciata provenire dalle finestre delle cantine. Si affacciarono e videro il corpo disteso per terra, ancora fumante. L'edificio era abbandonato da tempo e gli infissi erano rotti, così poterono scendere per controllare da vicino. Avuta la conferma che la donna era morta, corsero ad avvisare la polizia stradale, che aveva un distaccamento lì vicino. La Stradale, a sua volta, fece intervenire i colleghi di Firenze. La donna aveva ventidue anni. Si chiamava Loretta Magnani ed era una ragazza madre. Si era trasferita da poco in una cittadina termale a circa venti chilometri dal luogo del ritrovamento. Gli investigatori di Firenze scoprirono che aveva una relazione fissa con un uomo del posto, più anziano di lei. Si trattava del barbiere del paese, rimasto vedovo da qualche anno. Alcuni testimoni li avevano visti uscire di casa insieme, proprio la mattina prima. Il barbiere dichiarò di averla accompagnata a prendere la corriera, perché la donna voleva andare a trovare la madre a Firenze. Solo che l'autista che quel giorno fece il viaggio non ricordava di averla fatta salire. Così l'uomo fu arrestato e si fece qualche anno di carcere, ma al processo fu assolto per insufficienza di prove e il caso rimase insoluto.»

«E come mai avete deciso di riaprirlo?» chiese Casabona.

Il dottor Lisi prese dal fascicolo una busta da lettera bianca, con l'indirizzo della questura di Firenze scritto in stampatello. Era affrancata con francobolli recenti. Stonava insieme alle altre pagine ingiallite custodite nel fascicolo. L'aprì e ne estrasse un foglio ripiegato.

«Tre anni fa è arrivata una lettera alla questura di Firenze. Conteneva solo questo.»

Mostrò il foglio al commissario.

C'era scritto: "La povera donna nel casolare la uccise il messia. Poi ha fatto ancora tanto male. Fermatelo. Io quel giorno non ne fui capace, ero troppo giovane e avevo paura".

«La squadra mobile di Firenze ha svolto una ricerca sui casi insoluti dal dopoguerra a oggi nella sua zona, trovando riscontro soltanto con questo omicidio, poiché avvenuto in un casolare abbandonato. Hanno recuperato il vecchio fascicolo e ci hanno mandato i reperti acquisiti nel 1969 durante il sopralluogo sulla scena del crimine. Compresa l'arma del delitto: un coltellaccio a serramanico da cacciatore, con cui la donna era stata sgozzata come un capretto.»

Si inserì nel discorso il rappresentante del Servizio Polizia Scientifica.

«Da quei reperti abbiamo isolato alcuni profili di DNA, ma sono serviti solo a confermare l'innocenza del barbiere. Tra questi ce n'è uno, estratto dal reggiseno della donna, che ha trovato corrispondenza con quello del vostro tampone vaginale. Come ulteriore conferma, da ciò che restava degli abiti della donna, sporchi del suo sangue, abbiamo isolato anche un aplotipo del cromosoma Y che riconduce al vostro soggetto.»

«Che, tradotto in italiano, significa?»

«Nelle aree contaminate da materiale biologico della vittima non è possibile isolare il DNA maschile perché in parte si confonde con quello della donna. È possibile, invece, estrarre l'aplotipo del cromosoma Y, che è tipicamente maschile. Però il risultato, a differenza della sequenza di DNA, non identifica un soggetto in particolare bensì la sua linea paterna. Il cromosoma Y è trasmesso dal padre esclusivamente ai discendenti di sesso maschile. Ma in questo caso, visto che abbiamo trovato anche il DNA completo sul reggiseno, possiamo ritenere che appartenessero entrambi alla stessa persona. Cioè, Luca Simoni.»

«E fino a qui ci siamo. Ma come si spiega il fatto che Luca Simoni non era ancora nato?» chiese Casabona.

I due dirigenti rivolsero in contemporanea lo sguardo verso la biologa, a sottolineare che la risposta, semmai ce ne fosse stata una, spettava a lei.

«Escludendo errori o problematiche di contaminazioni, e noi

abbiamo effettuato tutte le verifiche del caso, esiste una sola possibile spiegazione di carattere scientifico: Luca Simoni potrebbe essere un raro esempio di individuo "chimera"».

«Che sarebbe?» domandò il commissario.

«In biologia è chiamato "chimera" un organismo animale o vegetale composto da due o più tessuti geneticamente diversi tra loro. Negli esseri umani il chimerismo può svilupparsi sia in casi di carattere naturale, che in casi di carattere artificiale. I primi riguardano i processi che si svolgono a livello embrionale durante la gravidanza. Due ovuli fertilizzati possono unirsi, diventando uno solo, portando al loro possessore il doppio DNA. Esiste poi il chimerismo gemellare, che si verifica quando gemelli eterozigoti, a causa della condivisione dei vasi sanguigni, trasmettono l'uno all'altro le proprie cellule. Infine, l'ultima variante del chimerismo naturale è il microchimerismo materno. Avviene se le cellule del feto penetrano nel sistema sanguigno materno e vi si ambientano. Per quanto riguarda il chimerismo artificiale, abbiamo a che fare con la trapiantologia. Nel trapianto di midollo, l'analisi del DNA delle cellule del paziente, in alcuni casi, ha permesso di riscontrare la presenza delle cellule staminali del donatore utilizzate per il trapianto, anche a distanza di tempo.»

«E in merito al nostro caso?» chiese Casabona, che si era perso tra le varie definizioni scientifiche.

«Escludendo i processi che si svolgono durante la gravidanza, perché comunque non tornerebbero i tempi, l'unica spiegazione plausibile, anche se si tratta di eventi estremamente rari, è che Luca Simoni abbia ricevuto un trapianto di midollo dall'uomo che ha lasciato il suo DNA sul reggiseno della prima vittima e l'aplotipo del cromosoma Y sui suoi vestiti. L'ipotesi sta in piedi anche perché abbiamo verificato che il campione isolato con il tampone vaginale sulla ragazza ucraina non è riconducibile al liquido seminale, bensì al sangue di Luca Simoni. Probabilmente aveva una lesione sul pene oppure se l'è procurata durante il rapporto. Infatti, il chimerismo si può trovare in un individuo trapiantato, ma il suo donatore di midollo è geneticamente identificabile solo rispetto alle cellule del sangue del ricevente, non al liquido seminale. Il DNA del donatore resta confinato a tutte le cellule prodotte dal midollo osseo, quindi cellule del sangue.»

«Quindi dobbiamo solo scoprire chi fu il donatore e arriveremo anche all'assassino della povera Loretta Magnani» disse il dottor Lisi.

«Bene, allora mi metterò subito all'opera. Una cosa complessa come un trapianto di midollo dovrà pure lasciare qualche traccia. Non è come fare un aborto clandestino.»

Mentre si salutavano Lisi si raccomandò con il commissario sulle procedure da adottare.

«Ricordati che appena troverai qualcosa di utile ti dovrai raccordare con la squadra mobile di Firenze. Il coordinamento lo facciamo noi. Il caso ora è in carico alla nostra unità».

«Certo. È naturale» assicurò Casabona.

Quella svolta nell'indagine lo aveva incuriosito, restituendogli un po' di buonumore. Per un attimo pensò di andare a salutare il direttore del Servizio Centrale Operativo, com'è prassi per il dirigente di una squadra mobile periferica che si trovi a passare per gli uffici centrali. Poi pensò che il rischio di incrociare anche Cristina Belisario era troppo alto, perciò decise di andar via.

Appena salito in auto per tornare a Valdenza, chiamò l'ispettore Proietti al cellulare.

«Cerca di scoprire chi era il medico di Luca Simoni e convocalo in questura per domani mattina alle nove. Quando arriverò a Valdenza ti spiegherò il perché.»

25

Il medico di Luca Simoni era il dottor Gabriele Futani. Aveva superato i sessant'anni e faceva il medico di base da quando aveva conseguito la laurea. Era arrivato in questura con un anticipo di quindici minuti. Apparteneva a quella categoria di brave persone si agitano quando vengono chiamate dalla polizia, e non perché abbiano qualcosa da temere. Quelle che hanno da temere, in genere, sono tranquille, ossequiose e assecondanti.

Il dottor Futani, probabilmente, non ci aveva dormito la notte a furia di chiedersi: "cosa vorranno da me?". Era seduto in sala d'aspetto con il cappotto spigato e l'ombrello in mano, composto come un cadetto al ballo delle debuttanti. Casabona disse a Proietti di farlo entrare, quindi lo fece accomodare e chiese all'ispettore di rimanere.

Il primo a parlare fu proprio il dottore.

«Commissario, mi scusi se mi sono presentato così presto. Io non ero mai stato prima alla squadra mobile. Non ero nemmeno sicuro di dove si trovasse, così ho pensato di partire un po' prima. Però la conosco, sa? Ogni tanto leggo il suo nome sui giornali, quando arrestate tutti quei mascalzoni... Comunque, potrei sapere perché mi avete fatto venire qui? Cosa posso fare per voi?»

Casabona lo rassicurò e cercò di farlo sentire a proprio agio.

«Nulla di impegnativo, dottore, solo qualche domanda. Dieci minuti e potrà tornare ai suoi impegni.»

«Mi dica commissario, sono a vostra disposizione.»

«Se lo ricorda Luca Simoni? Dovrebbe essere uno dei suoi assistiti.»

«Eccome se me lo ricordo. Io me li ricordo tutti, sa? Faccio questo lavoro per passione, non come i giovani d'oggi che vogliono diventare medici solo per soldi. Bisogna avere la vocazione, come i preti, se si vuole far bene questa professione. Luca Simoni è mio paziente da quando aveva vent'anni. Anzi, era. Ho letto sui giornali che è morto annegato nel lago di Galleti, poveretto. Ma veramente ha fatto quello che scrivono? A me sembrava un bravo ragazzo. Un po' esuberante, ma non cattivo. Gli piacevano le donne, ma se questo è diventato un crimine dovrebbe stare in galera mezza umanità.»

«Sì, è morto. Per il resto saranno le indagini a stabilire cosa ha fatto o non ha fatto di male e quali sono le sue responsabilità. Noi vogliamo solo sapere se le risulta che avesse subìto un trapianto di midollo.»

Il dottor Futani tirò fuori un fazzoletto bianco dalla tasca del cappotto, si tolse gli occhiali e gli diede una pulita. Nel frattempo pensava.

«No, non me ne ha mai parlato. Ciò non toglie che avrebbe potuto farlo prima di diventare un mio assistito. In genere questo tipo di intervento si fa da bambino o in età adolescenziale. Bisognerebbe chiedere al pediatra.»

«Sa chi era?»

«No. Credo che Simoni non abitasse a Vettolini all'epoca. Quando scelse me come medico si era appena trasferito. Mi dispiace ma su questo non la posso aiutare.»

«La ringrazio lo stesso, dottore. Mi raccomando, però, tutto quello che ci siamo detti è coperto dal segreto.»

«Ma si figuri commissario, sarò muto come una mummia dentro a un sarcofago. Anzi, le dirò di più: io qui non ci sono mai stato.»

I due investigatori, leggermente spiazzati dalla metafora della mummia, sorrisero e si scambiarono un'occhiata d'intesa. Quindi Proietti accompagnò il dottore alla porta e tornò a sedersi davanti alla scrivania di Casabona.

«Che ne pensi?» chiese al commissario.

«Penso che siamo al punto di partenza. Se la biologa ci ha visto giusto e la spiegazione scientifica regge, dobbiamo capire dove ha fatto il trapianto e chi era il donatore.»

«Ma resta comunque il fatto che i due casi, per ragioni anagrafiche, non possono essere collegati tra loro.»

«Qui ti sbagli, Fabio. È vero che Luca Simoni non può aver avuto alcun ruolo nell'omicidio di Loretta Magnani nel 1969, ma il nostro misterioso donatore potrebbe averlo avuto nell'omicidio della ragazza ucraina. Incarica Di Marco e Ruocco di fare un po' di accertamenti. Digli di andare all'ASL, all'anagrafe, a fare il giro degli ospedali. Insomma, dobbiamo scoprire tutti i ricoveri e gli interventi chirurgici subiti da Simoni da quando è nato. E ricorda che alle undici ci aspetta la dottoressa Ochs per parlare con Renzo Chellini.»

26

L'accesso al reparto di psichiatria dell'ospedale non era consentito a tutti. Bisognava suonare a una specie di citofono posto alla sinistra del portone d'ingresso e attendere che qualcuno venisse ad aprire.

Casabona e Proietti furono accolti da un corpulento infermiere che li accompagnò all'ingresso del primo di una lunga fila di ambulatori che si trovavano nel corridoio centrale della struttura. La dottoressa Ochs stava finendo una visita, pochi minuti e li avrebbe ricevuti.

Si sedettero su una panca e rimasero ad aspettare in silenzio. Non si trovavano a loro agio in quell'ambiente. I pazienti gli passavano davanti. Qualcuno da solo, altri accompagnati. C'era chi rideva, apparentemente senza motivo, chi scuoteva nervosamente il capo, chi si guardava intorno impaurito. Ognuno di loro vagava in un mondo diverso, con regole proprie, incomprensibili e misteriose.

Per fortuna la dottoressa uscì presto. Indossava il camice bianco, con le immancabili penne colorate che sporgevano dal taschino. Portava ancora gli occhiali da lettura, che non aveva fatto in tempo a togliere. Lasciò a un infermiere la cartellina che teneva tra le mani e li raggiunse.

«Scusatemi se vi ho fatto aspettare. Qui si vive sull'emergenza e ne vien fuori sempre una nuova all'ultimo momento.»

Casabona, che si era alzato di scatto appena l'aveva vista e le era andato incontro per darle la mano, la rassicurò.

«Siamo appena arrivati dottoressa, non si preoccupi.»

«Bene, allora seguitemi. Il signor Chellini ci attende nella sala della terapia di gruppo. Con lui c'è un suo amico che viene tutti i giorni a fargli visita.»

Seguirono la dottoressa dentro la stanza.

Come al solito, il paziente era seduto davanti alla prima delle due grandi finestre che davano sul chiostro. Aveva i capelli grigi e lunghi che gli arrivavano sulle spalle.

Il suo amico era in piedi vicino a lui. Un omone di una sessantina d'anni, alto e massiccio. Calvo, con il viso rotondo segnato da una cicatrice che gli attraversava lo zigomo destro fino ad arrivare all'angolo della bocca. Vestito con abiti semplici. Appena si accorse dell'ingresso della dottoressa, fece un cenno di saluto e si preparò ad andarsene.

«Io vado. Passerò domani.»

Chellini rimase immobile. I suoi occhi azzurri fissavano due tortore che riposavano sull'arco in ferro battuto del pozzo.

«Signor Chellini, sono arrivati i poliziotti che aspettavamo. Se la sente di parlare con loro?»

L'uomo rimase impassibile, come se non avesse visto né sentito nulla.

«Signor Chellini, sono la dottoressa Ochs. Mi riconosce?»

Nessuna risposta.

La dottoressa scambiò uno sguardo imbarazzato con Casabona, come per giustificarsi.

«Forse è meglio se andiamo» disse a voce bassa il commissario. Poi fece un passo per avviarsi verso la porta seguito da Proietti.

Si fermarono di scatto quando udirono la voce calma e profonda di Renzo Chellini.

«Verrà il giorno in cui ciascuna delle due parti in guerra avrà la possibilità di annientare completamente l'altra. Verrà il giorno in cui tutta l'umanità sarà divisa in due campi. Allora ci comporteremo come le colombe o come i lupi? Sarà la risposta a questa domanda a decidere del destino dell'umanità. Lo sa chi l'ha detto, commissario?»

Casabona attese un cenno della dottoressa Ochs che lo autorizzasse a rispondere. Poi si avvicinò a Chellini guardandolo in faccia. Aveva lunghi capelli grigi tirati all'indietro che gli lasciavano l'ampia fronte scoperta, il viso scavato e la barba incolta.

«No, non lo so signor Chellini.»

«Lo scrisse Konrad Lorenz. Ma in realtà si trattava di una domanda per sciocchi. La gente pensa che dovremmo aver paura del lupo. Invece l'incubo sono le colombe. Lo aveva verificato personalmente. Prese due tortore come quelle sul pozzo, un maschio e una femmina, e le chiuse in un'ampia gabbia per ottenere un incrocio. All'inizio non diede molta importanza alle piccole baruffe dei due: come avrebbero potuto farsi del male? Sono il simbolo della pace, pensò. Il giorno dopo si trovò di fronte uno spettacolo orrendo. La tortora maschio giaceva a terra e aveva la nuca, il collo e tutto il dorso, fino alla radice della coda, talmente martoriati da formare un'unica sanguinolenta ferita. Ritta nel mezzo di questa piaga c'era l'altra tortora, che continuava a frugare col becco nella carne aperta. Eccetto alcuni pesci, non aveva mai visto nel corpo di un vertebrato piaghe così orribili provocate da un membro della stessa specie. Se si esclude l'uomo, ovviamente. Al contrario, quando un lupo viene sconfitto in combattimento, porge la propria gola al vincitore in segno di resa e da quell'istante diventa inviolabile. L'altro non potrà più azzannarlo.»

Fece una pausa di qualche istante. Poi continuò.

«Il senso della realtà è negli occhi di chi la osserva, commissario. Ma la vista si può ingannare, e non solo. Il diavolo ha riempito il mondo di trappole per sciocchi. La verità non è quasi mai quella che appare e non è per tutti.»

La prima persona che riuscì a dire una parola fu la dottoressa Ochs. Era il suo ruolo a imporglielo.

«Renzo, il commissario è venuto per…»

«Lo so perché è venuto, dottoressa» aggiunse subito Chellini. Poi si rivolse direttamente a Casabona.

«Commissario, io non vorrei sembrarle scortese, ma non ho molto altro da dire. Ho pensato a lungo in questi giorni. Mi sono sforzato di ricordare. Vedo solo sangue. Un uomo di spalle con un grosso coltello in mano. Poi dolore, tanto dolore, e un fuoco immenso che riduce tutto in cenere, che riporta la pace.»

Due lacrime gli scivolarono sul viso.

«Ma non ci risulta che ci siano stati incendi» si sentì di precisare Proietti.

La dottoressa lo zittì con un cenno della testa.

«Mi scusi se insisto, signor Chellini. Un'ultima domanda e poi la lasciamo in pace. Sua figlia conosceva un certo Luca Simoni?» chiese Casabona.

L'uomo per la prima volta si girò dalla sua parte e lo guardò negli occhi.

«Simoni era stato da noi in passato. Quando era poco più di un bambino. Poi fu adottato e lo perdemmo di vista. Da qualche mese si era rifatto vedere alla "Siepe". Cercava sempre Laura, ma lei non aveva intenzione di frequentarlo. Non le piaceva quello che faceva per vivere.»

«Li ha mai visti o sentiti litigare?»

Chellini non rispose. Tornò a fissare le colombe, che avevano iniziato a beccarsi con rabbia.

«Forse è meglio fermarsi qui. Per oggi penso possa bastare» disse la dottoressa, ponendo fine alla conversazione.

27

Uscendo dall'ospedale, Casabona vide sua moglie Francesca insieme a un uomo. Erano seduti nel bar di fronte, a un tavolino appartato. All'inizio non era sicuro che fosse lei. Disse a Proietti di avviarsi verso la macchina e tornò indietro per vedere meglio. Stavano bevendo un tè e parlavano avvicinandosi l'uno all'altro. Come se l'argomento fosse confidenziale e non volessero correre il rischio che qualcuno ascoltasse ciò che si dicevano. L'uomo era un tipo di bell'aspetto, sulla cinquantina. Vestiva in giacca e cravatta, portate in modo informale sui jeans. Non lo aveva mai visto a Valdenza.

Il cuore gli batteva a mille. Sentiva il sangue andargli alla testa, il respiro affannoso. Gli ritornò in mente l'SMS che era venuto fuori dalle intercettazioni telefoniche. Avvertì una fitta allo stomaco. Erano i sintomi di una rabbia covata dentro da giorni che voleva esplodere.

Stava per entrare. Senza sapere cosa fare, solo per assecondare un istinto ancestrale che accompagna gli esseri umani dalla nascita: la gelosia. Poi vide che Proietti si era affiancato al marciapiede con l'auto. Restò per un lungo attimo in bilico tra istinto e razionalità. Inghiottì il suo dolore tutto d'un fiato, come fosse la più amara delle medicine, e salì in macchina.

Proietti capì che qualcosa non andava.

«Tutto bene, Tommaso? Sei pallido. Ti senti male?» gli chiese.

«No, no, tranquillo. Sto bene. Rientriamo pure in ufficio. Ho bisogno di starmene un po' da solo. Devo riordinare le idee su tutta questa faccenda» mentì.

Quel giorno saltò il pranzo. Passò qualche ora a rivedere i brogliacci delle intercettazioni. Erano arrivati gli intestatari dei telefoni che mancavano. Il numero dal quale era partito il messaggio di "Francesca" era stato attivato dalla stessa casa di produzione. Così come si era riscontrato per altre utenze che avevano contatti frequenti con la "Fragolina Time". Probabilmente se ne erano procurati un certo quantitativo che davano in uso ai frequentatori più affezionati per garantire loro una maggiore riservatezza.

Non c'erano chiamate vocali che riguardassero quel numero. Solo un altro SMS arrivato nella mattinata:

Procedimento: 2199/01
Decreto: 61/01 R. Int. P.M.
Intercettazione: Cellulare titolare "Fragolina Time"
Prog.173
SMS in entrata sul cellulare del titolare della "Fragolina Time"
Fedele Tuci

"Oggi non posso passare, ho un appuntamento al centro. Ci sentiamo nei prossimi giorni."

Stranamente il messaggio non aggiunse nulla al suo stato d'animo. Era riuscito a ritrovare il distacco che il lavoro gli imponeva. Non c'era più spazio per i problemi personali in quel momento. Se lo era ripetuto così tante volte che stava funzionando.

Fuori, la strada si era animata come di solito accadeva all'ora di pranzo. Il personale delle volanti si stava dando il cambio sul turno. La signora che abitava di fronte era appena uscita, elegante come sempre, per andare a prendere la bambina a scuola. La vita scorreva. Nonostante il freddo, nonostante la pioggia. Nonostante tutto.

Nel tardo pomeriggio Di Marco e Ruocco tornarono dal giro di accertamenti che Casabona aveva predisposto per cercare di risalire al trapianto di midollo di Luca Simoni.

Accompagnati dall'ispettore Proietti, entrarono direttamente nell'ufficio del commissario.

Fu il sovrintendente Di Marco che si assunse il compito di fare il resoconto. Aprì l'agenda sulla quale aveva preso appunti e iniziò a parlare.

«Abbiamo girato tutti gli uffici pubblici di Valdenza, dottore. Alla fine siamo riusciti a ricostruire gli avvenimenti più importanti della vita di Luca Simoni. Innanzitutto, non si è sempre chiamato così. Alla nascita, cioè il 25 aprile del 1970, per l'anagrafe portava il nome di Luca Picierno. Era figlio di genitori ignoti. Abbandonato in un orfanotrofio a Napoli, all'età di sei anni finì in affido presso una comunità agricola in provincia di Firenze.»

«"La siepe"» anticipò Casabona.

«Sì, "La siepe". Come fa a saperlo?» chiese stupito De Marco.

«È quella di Renzo Chellini» rispose Proietti al posto del commissario.

De Marco annuì, anche se non aveva la minima idea di chi fosse Renzo Chellini.

«Continua» gli disse Casabona.

«All'età di dodici anni fu adottato dalla famiglia Simoni di Valdenza e prese il loro cognome. Ma la sua sfortuna non finì lì. Due anni dopo i genitori adottivi persero la vita in un incidente stradale. Lui fece ritorno nella comunità, dove rimase fino a quando divenne maggiorenne.»

«E il trapianto?» chiese Casabona.

«Nessuna traccia di trapianti o altri ricoveri importanti negli ospedali della Toscana. Solo una frattura alla caviglia per un infortunio durante una partita a calcetto e qualche accesso al pronto soccorso per malori vari. Ma si tratta di cose recenti che risalgono al periodo successivo all'adozione. Bisognerebbe indagare sui sei anni a Napoli. Forse è lì che si può trovare qualcosa.»

«Indagate, allora» disse il commissario in modo deciso.

«E come facciamo?»

«Prendete una macchina e andate a Napoli.»

«Adesso?» chiese De Marco, che non aveva ancora capito se il commissario stesse scherzando o facesse sul serio.

«Certo. Ci vogliono cinque ore. Sono le sette, arriverete a mezzanotte. Dormirete in albergo e domani mattina vi metterete all'opera. Vi aspetto domani sera, verso quest'ora, con l'esito degli accertamenti.»

De Marco e Ruocco si guardarono in faccia. Questa volta il tono usato dal loro capo era stato eloquente. Non era né un invito né un consiglio, si trattava di un ordine preciso.

«Va bene, dottore. Passiamo un attimo da casa a prendere pigiama e spazzolino e partiamo» dissero rassegnati.

28

Il sovrintendente De Marco e l'Assistente Ruocco, come erano soliti fare, portarono a compimento la loro missione con matematica precisione. Alle diciotto del giorno successivo erano già di ritorno da Napoli con l'esito degli accertamenti.

Casabona, che stava firmando alcune informative di reato che gli aveva portato l'ispettore Proietti, li accolse con l'ironia tipica del modo di comunicare negli uffici investigativi della polizia. Non manca mai, nemmeno nei momenti più difficili. E non deve essere scambiata per una manifestazione di superficialità o leggerezza. Serve per controllare la tensione, per far capire ai colleghi che si è lucidi. Se si riesce ancora a scherzare, significa che non c'è panico e nemmeno nervosismo. Che ci si può fidare.

«Mi fa piacere rivedervi, ragazzi. Non ero sicuro che sareste tornati. Non ci avrei scommesso più di un giorno di paga.»

«Non siamo andati mica in guerra, dottore» rispose a tono De Marco.

«Lo so, ma due toscanacci indifesi a Napoli... dovete ammettere che qualche rischio l'avete corso.»

«Dottore, che siamo indifesi è da vedere. E poi, tenga presente che noi toscanacci a Napoli ci si va dai tempi del Boccaccio.»

Il commissario si fece una risata e mise da parte i fascicoli che aveva finito di guardare.

«Questo è vero. Comunque, scherzi a parte... avete scoperto

qualcosa? Il trapianto Luca Simoni, alias Luca Picierno, lo ha fatto o non lo ha fatto?»

«Niente trapianto, purtroppo. Però, all'orfanotrofio dell'Immacolata Concezione, a via Foria, abbiamo trovato questa.»

De Marco aprì l'agenda che portava sempre con sé e tirò fuori una piccola fotografia ingiallita.

«E chi è questo bambino?» chiese Casabona, dopo averla presa in mano e guardata con attenzione.

«È Luca Picierno all'età di quattro anni, dottore» rispose l'assistente Ruocco.

«Ma è un mulatto» esclamò Casabona.

«Infatti. Luca Picierno era mulatto. Suor Angelina, la più anziana delle suore che gestiscono l'orfanotrofio, se lo ricorda bene. Probabilmente era nato dalla relazione tra una ragazza napoletana e un militare americano di colore. Accade di frequente a Napoli, dove c'è il Comando marittimo della N.A.T.O.» continuò De Marco.

Il commissario era visibilmente perplesso.

«Quindi si tratta di due persone diverse. Il ragazzo che è stato adottato dalla famiglia Simoni, a meno che non avesse cambiato pelle, non era il bambino di nome Luca Picierno che è entrato nella comunità "La siepe" all'età di sei anni?»

«Esatto, dottore. E potrebbe essere nato prima del 23 settembre del 1969, cioè quando è stato trovato il corpo di Loretta Magnani.»

«Ciò spiegherebbe la presenza del suo DNA sulla scena del crimine, altro che trapianto di midollo» aggiunse Casabona.

«Ma la spiegherebbe fino a un certo punto» intervenne Proietti. «Certo, Luca Simoni potrebbe essere nato qualche anno prima del 1970, ma sarebbe stato comunque un bambino all'epoca dell'omicidio.»

«E chi ha detto che avrebbe dovuto per forza partecipare al delitto? Il suo DNA era proprio nel posto in cui si sarebbe dovuto trovare quello di un bambino piccolo o addirittura di un neonato» replicò il commissario.

«All'interno del reggiseno» si affrettò a dire Ruocco.

«Bravo.»

«Cazzo, allora Loretta Magnani era la madre» aggiunse Proietti.

«O la sua nutrice» precisò Casabona. Quindi aggiunse: «È arrivato il momento di sapere qualcosa di più sull'omicidio di questa donna».

«Abbiamo la copia del rapporto redatto all'epoca dalla squadra mobile di Firenze» disse Proietti.

«Ma non ci chiarisce nulla. C'è scritto che la vittima era una ragazza madre, ma non dice chi era e che fine ha fatto il figlio. Non riporta nemmeno chi era il padre. Bisognerebbe parlare con qualcuno che conosceva i fatti. Per esempio, l'uomo sospettato dell'omicidio. Quello che fu arrestato, processato e poi assolto.»

«Il barbiere?»

«Esatto, il barbiere. Andiamo a cercarlo, se è ancora vivo.»

29

L'uomo che nel 1969 faceva il barbiere e aveva accolto in casa sua la ragazza madre Loretta Magnani, si chiamava Cesidio Cioni. Ormai aveva più di settant'anni, ma godeva ancora di buona salute. Uscito dal carcere, si era trasferito nel piccolo borgo di Pulica. Nella città termale dove abitava e lavorava all'epoca dell'omicidio non era riuscito a reinserirsi. Era stato assolto con la formula dubitativa dell'insufficienza di prove, ma il sospetto gli si era attaccato addosso e aveva attirato come una calamita la diffidenza e le malelingue del posto. Durante i due anni di carcere, che aveva dovuto scontare da innocente, il suo apprendista si era messo in proprio aprendo un nuovo salone. Così, al suo ritorno, Cioni era stato costretto ad andare via per tentare di ricominciare altrove.

Si era inventato barbiere a domicilio. Appendeva la borsa con rasoi, forbici, pettini e brillantina al suo Motom delfino di colore rosso e faceva il giro dei paesini della montagna per guadagnarsi da vivere. E così era arrivato all'età della pensione, che era modesta ma sufficiente per vivere in un posto come quello.

Abitava in un piccolo terratetto in pietra all'inizio del paese.

Casabona e Proietti arrivarono da lui a metà mattinata. Lo trovarono che stava sistemando della legna sotto una tettoia di fronte casa.

La giornata era fredda, umida e intrisa di foschia.

Cesidio Cioni li fece accomodare nell'unica stanza del pianoterra, che faceva da ingresso, cucina e sala da pranzo.

Si sedettero al tavolo mentre il padrone di casa si dava da fare per preparare un caffè. Era magro e con le spalle curve. Il viso scavato, radi capelli bianchi.

Nell'aria si sentiva il profumo dei fagioli che cuocevano in un pentolino di terracotta pieno d'acqua lasciato di fianco al camino acceso. Una cottura lenta, senza fretta. In armonia con i tempi della natura, che da quelle parti segnavano ancora il ritmo della vita.

Così, senza ansia, prendendosi le pause necessarie, cominciarono a parlare.

«Eh sì che me la ricordo, Loretta. Ci penso spesso. Mi ha segnato. Dico segnato, non rovinato, come molti vorrebbero sentirmi dire. Non mi sono mai pentito di quello che ho fatto. Ho cercato di aiutare una povera ragazza in difficoltà con un bambino piccolo. È una colpa, questa? Dovrei pentirmene, commissario?»

«È del male che bisogna pentirsi, signor Cioni. Non quando si fa del bene» rispose Casabona.

«Appunto. E io ho fatto solo del bene, pagandolo a caro prezzo. All'epoca lavoravo a Sarace Terme. Avevo un salone avviato. Ero bravo, sa? Venivano anche dai paesi vicini a farsi i capelli. Facevo un taglio alla Elvis Presley talmente bello, che una volta venne anche Little Tony. La sera aveva un concerto a Bologna e passò da me per l'acconciatura. Loretta non era di queste parti. Veniva da Firenze e lavorava negli alberghi durante la stagione termale. Ebbe una relazione con un giovane conosciuto in una sala da ballo estiva e rimase incinta. I genitori inizialmente la cacciarono via di casa per la vergogna. Così lei si convinse a lasciare il bambino in affidamento in una comunità. Dopo un po' se ne pentì e chiese di poterselo riprendere. Il tribunale per i minori non ne volle sapere. A stento le concedeva di vederlo per concludere il periodo di allattamento. Dopodiché lo avrebbero dato in adozione. Fu in quel periodo che la ospitai. Mia moglie era morta per un brutto male. Non avevamo avuto figli, ero solo. La incontrai disperata alla stazione dei treni, dormiva nella sala d'aspetto. Così la portai a casa. Ma non passavamo la notte insieme, commissario. All'epoca avevo una casa grande. Le diedi una stanza tutta per lei. Durante la giornata non c'ero mai. Una mattina, era di lunedì, me ne ricordo bene perché il salone era chiuso, l'accompagnai alla comunità ad allattare il figlio e poi la lasciai alla fermata della corriera per Firenze. Voleva andare a far visita alla madre. Il giorno dopo la trovarono morta in quel casolare ed ebbero inizio i miei guai.»

Appoggiò la moka sul tavolo. Prese tre tazzine dalla credenza e versò il caffè. Poi allungò agli ospiti tre cucchiaini e una zuccheriera in ceramica.

«È una delle poche cose che ancora conservo del corredo di mia moglie. Mi portarono via tutto. Per pagare gli avvocati mi caricai di debiti. Peggio di un ciuco.»

«Ora come va, signor Cioni?» chiese Casabona, dopo aver buttato giù un sorso di caffè.

«Cesidio, commissario. Qui mi chiamano tutti così. Nemmeno me lo ricordavo più il mio cognome. Comunque ora va bene. Come si dice? Il tempo guarisce tutti i mali, e quelli che non può guarire se li porta via… È cambiato tutto da allora. I giovani hanno abbandonato la montagna. Qualcuno torna d'estate. Gli stranieri hanno comprato tutto. Si sta al circolo. Qualche partita a carte, un bicchiere di vino e si tira a campare. E poi ora c'è la TV. Le storie vengono da fuori, anche dall'America. Quelle di qui non se le ricorda più nessuno. Il telegiornale ne racconta di nuove tutti i giorni.»

Proietti ascoltava e annuiva.

«Ha ragione, Cesidio. Ma mi dica un'altra cosa: che fine ha fatto il bambino della Loretta?» domandò Casabona.

«Rimase nella comunità. Non se ne seppe più nulla. Immagino sia stato adottato.»

«Ma si ricorda come si chiamava?»

«Lorenzo. Lorenzo Magnani. Ma poi gli avranno dato un nome nuovo.»

«E la comunità? Se lo ricorda come si chiamava?»

«Come si chiama, vuole dire. Esiste ancora. Comunità "La siepe". Si trova a pochi chilometri da qui. Appena si entra nella provincia di Firenze. Oggi è diventata un luogo importante. Si è ingrandita. Ci vanno politici, magistrati, giornalisti e alti prelati. Ho sentito dire che qualche giorno fa si è ammazzata una povera figliola. I giornali non ne hanno parlato. Sono protetti bene lassù. Controllano tutto.»

Il vecchio attizzò il fuoco mettendo su un altro ciocco di legno. Lo fece con fatica, piegandosi sulle gambe. La sua schiena doveva esser messa male, ma cercava di non darlo a vedere. Le persone anziane si adattano agli acciacchi. Buttano giù le medicine e non si lamentano.

«Restate a mangiare un piatto di pasta con me?» chiese, dopo essersi raddrizzato.

«La ringrazio Cesidio, dobbiamo scappare a Valdenza. Ma tornerò. Anzi, mi sa che un giorno ci verrò a vivere anch'io quassù, dopo la pensione. Chissà che non ritrovi un po' di pace. Una volta ero bravo a giocare a briscola. Dovrei dare solo una rispolveratina.»

Il padrone di casa rise.

«Faccia presto, commissario, perché mi sa che non mi intratterrò ancora molto. Comunque le lascerei il posto al circolo.»

«Invece, sono sicuro che la troverò ancora là. Mi dica un'ultima cosa: il babbo del piccolo Lorenzo, chi era? Si ricorda come si chiamava?»

Cesidio cambiò improvvisamente umore.

«E come potrei dimenticarlo? Era un meschino, ecco chi era. Un vigliacco. Uno che per non prendersi le proprie responsabilità ha rovinato la vita a tante persone. Si chiamava Marco Romoli. All'epoca aveva venticinque anni e faceva il contadino nei terreni della comunità. Qualche volta, d'estate, scendeva in città a ballare. Lo faceva di nascosto perché le loro regole non lo permettevano. Non l'ho visto più in giro ed è stato meglio per lui. Sa, in carcere ho imparato anche a essere cattivo, se necessario. Non ho idea di che fine abbia fatto.»

Proietti, mentre si alzava dalla sedia per andare via, pensò di fare una domanda. Non fosse altro che per giustificare la sua presenza, che fino a quel momento era stata solo di silenzioso osservatore.

«Ma perché non sospettarono anche di lui?»

«Perché i suoi capi, i due fondatori della comunità, gli fornirono un alibi inattaccabile. Dissero che in quei giorni era a Roma insieme a loro, che stavano partecipando a un convegno. Gli faceva da autista. Quindi uscì subito dall'indagine. La polizia di Firenze si concentrò su di me. Secondo loro io mi sarei vendicato perché Loretta approfittava delle comodità che le mettevo a disposizione ma non voleva ripagarle con favori in natura.»

Si salutarono in modo schietto e affettuoso. Poi Casabona e Proietti si avviarono verso la macchina, che avevano lasciato nell'unico parcheggio del paese.

30

L'auto percorse lentamente le strade tortuose che riportavano a valle. C'era qualche lastra di ghiaccio sull'asfalto, che in alcuni punti aveva ceduto a causa di piccole frane. Meglio essere prudenti.

Guidava Proietti, come sempre, e Casabona ne approfittò per riflettere a voce alta.

«Ora la faccenda sembra più chiara. Luca Simoni era il figlio di Loretta Magnani e di Marco Romoli. Era nato prima di Luca Picierno, l'orfano di Napoli. La madre lo aveva allattato proprio il giorno del suo omicidio, e per questo c'era il suo DNA sul reggiseno. Resta da capire che fine ha fatto Marco Romoli, il padre naturale di Simoni, e se tutta questa confusione sia dovuta solo a un errore burocratico avvenuto nei vari passaggi di documenti tra l'anagrafe e il tribunale per i minori, oppure se c'è dell'altro.»

«Manca anche un altro dettaglio da chiarire» aggiunse l'ispettore.

«Che cosa, Fabio?»

«Che ne è stato dell'altro bambino, Luca Picierno? Il mulatto napoletano.»

«Giusto. Forse, quando il quadro sarà completo, troveremo il filo che unisce le morti di Tania Orlosky, Laura Chellini e Loretta Magnani. Facciamo così: telefono a Bini e gli dico di andare a Firenze per dare un'occhiata ai fascicoli degli affidi e delle adozioni di Lorenzo Magnani, poi diventato Luca Simoni, e di Luca Picierno.

Noi, invece, visto che siamo vicino, andremo a parlare con qualcuno della comunità "La siepe".»

«Mi sembra un ottimo programma» commentò Proietti.

Impiegarono non più di quindici minuti per arrivarci.

Dalla statale, un lungo viale saliva verso la cima di un poggio. Era uno stretto rettilineo delimitato da due file di cipressi.

Alla fine ci si doveva fermare davanti a un cancello in ferro battuto, sopra il quale campeggiava la scritta: Comunità agricola "La siepe".

La grande proprietà era tutta recintata. Per arrivare agli edifici, che si vedevano in lontananza, bisognava percorrere almeno un altro chilometro.

Suonarono un campanello, sopra il quale era stata montata una telecamera di videosorveglianza, e aspettarono.

Non si vedeva anima viva, né si sentivano rumori che non fossero quelli del bosco.

Casabona accese un mezzo sigaro e approfittò dell'attesa per telefonare al sovrintendente Stefano Bini per dargli le indicazioni su come muoversi e cosa cercare a Firenze.

Dopo cinque minuti arrivò una jeep rossa. Alla guida c'era un giovane che si intravedeva a malapena dietro il vetro appannato.

Scese solo il passeggero, l'omone con il viso rotondo e la cicatrice che avevano già visto nel reparto psichiatrico dell'ospedale insieme a Renzo Chellini.

«Cosa volete?» chiese, senza nemmeno salutare.

«Buongiorno, sono il commissario Casabona, il capo della squadra mobile della questura di Valdenza, e lui è l'ispettore Proietti, il mio vice.»

«Lo so chi siete. Vi ho visti l'altro giorno in ospedale. Cosa posso fare per voi?»

«Siamo venuti a dare un'occhiata alla comunità e a fare

due chiacchiere con lei. Avremmo qualche domanda da farle.»

«Nella comunità non si può entrare, ci sono esigenze di riservatezza, e io non sono autorizzato a rilasciare dichiarazioni. Dovete parlare con Renzo Chellini.»

«Riservatezza con noi, signore? Noi siamo della polizia. Forse non ha capito…»

L'uomo non si fece intimorire.

«Ho capito, commissario, ma noi rispondiamo solo ai giudici, non alla polizia. Dev'essere autorizzato da loro per entrare. Tra l'altro, non siamo nemmeno in provincia di Valdenza, siete fuori dalla vostra zona di competenza. Quindi, se mi volete scusare, io avrei molte cose da fare. È quasi ora di pranzo e ci sono tanti ragazzi e bambini che aspettano per mangiare.»

Casabona e Proietti si guardarono disorientati. Non erano preparati a quel tipo di atteggiamento. Di solito, le persone assecondavano le richieste di un commissario di polizia. L'omone dalla faccia sfregiata li aveva colti di sorpresa. Così, Casabona non trovò niente di meglio da fare che rispondere con una velata minaccia.

«Va bene, ma ci rivedremo presto. Ne può stare certo. Per il momento la ringrazio per la collaborazione. Almeno posso sapere con chi ho parlato?»

«Ha parlato con Rinaldo Petri. Faccia buon rientro, commissario.»

31

Casabona e Proietti rientrarono a Valdenza dopo le due di pomeriggio. Si fermarono a mangiare nella solita trattoria vicino alla questura e poi si misero all'opera per raccogliere informazioni su Marco Romoli.

La ricerca d'archivio non fornì molti dettagli utili. Il contenuto del suo fascicolo riguardava esclusivamente le circostanze della sua morte, avvenuta tre anni prima. Aveva cinquantacinque anni quando il suo corpo fu ritrovato privo di vita sulle scale della chiesa di Sant'Andrea a Valdenza. Stringeva in mano una bottiglia di liquore ed era andato in coma etilico a furia di bere.

In passato non si era fatto notare. Non aveva nessun precedente penale, nessuna segnalazione che lo riguardasse. L'unica cosa che saltò subito all'occhio fu la conferma di quello che aveva detto il vecchio barbiere. Cioè che Marco Romoli di mestiere faceva il contadino presso la comunità agricola "La siepe", che era stata anche la sua ultima residenza in vita.

Casabona era seduto dietro la sua scrivania e ascoltava i risultati degli accertamenti fatti dai suoi uomini. De Marco e Ruocco erano rimasti in piedi con in mano i fascicoli di Romoli, che avevano ritrovato nei vecchi faldoni impolverati del deposito di scarto. L'ispettore Proietti si era accomodato su una delle due sedie davanti alla scrivania. C'era anche il sovrintendente Bini. Era appena tornato da Firenze, ed era furioso.

«Non mi hanno voluto dare nessuna informazione. Ci mancava poco che mi cacciassero a pedate. Non mi era mai capitata una cosa del genere in un ufficio pubblico. E che diamine!... Sono un poliziotto, mica un criminale. All'inizio, quella della segreteria sembrava disponibile. Poi, appena ha sentito che cercavo documenti che riguardavano la comunità "La siepe", ha cambiato atteggiamento. Mi ha chiesto di aspettare ed è andata a parlare con un suo superiore. Così è arrivato un tipo tutto borioso che, senza mezzi termini, mi ha detto che non poteva dirmi nulla senza l'autorizzazione di un magistrato e che era meglio se toglievo il disturbo, perché avevano da lavorare. Ho provato a insistere, ma mi hanno chiuso la porta in faccia. Porca puttana, dottore. Mi hanno chiuso la porta in faccia.»

«Calmati, Bini» gli disse il commissario. «Se ti può essere di sollievo, sappi che a me e a Proietti è capitata la stessa cosa stamattina, quando abbiamo provato a entrare nella comunità. Si vede che tengono molto alla privacy.»

«Gliela farei vedere io la privacy, dottore. È che ormai non siamo più niente. A furia di dire che siamo "al servizio della gente", "al servizio della comunità", "al servizio di questo e quello", abbiamo perso l'autorità.»

Dopo una breve pausa, il sovrintendente Bini rientrò in sé.

«Mi scusi, dottore. Mi sono lasciato andare... è che questa cosa mi ha fatto proprio incazzare... stiamo lavorando anche noi... si tratta di un omicidio, anzi due o forse tre... e che diamine.»

Chiusa la parentesi di sfogo, Casabona tornò a concentrarsi sul caso.

«Il fatto è che si finisce sempre lì. Tutto ciò che riguarda questa storia continua a portarci in quella zona di montagna. Quindi, in un modo o nell'altro, dobbiamo farci i conti.»

Si fermò un momento a riflettere, accarezzandosi il pizzetto con la mano sinistra. Gli altri capirono che non aveva finito e rimasero a guardarlo, in attesa.

Prese un foglio di carta bianca, lo appoggiò sul tavolo e iniziò a disegnare uno schema.

«Proviamo a ragionare un attimo. Abbiamo due donne trovate morte, a più di trent'anni di distanza, nella stessa zona. Tralasciando, per il momento, la figlia di Renzo Chellini. Che non sappiamo se sia stata veramente uccisa o non si sia trattato di un suicidio, come ritengono i carabinieri. Poi abbiamo due uomini, la cui morte è riconducibile a un eccesso di alcol, che sono i perfetti candidati per essere considerati i loro assassini. E sono addirittura padre e figlio. A questo punto, però, vista la data di morte del primo e quella di nascita del secondo, ciascuno può essere responsabile di un solo omicidio.»

Tirò due righe parallele sul foglio e le calcò più volte.

«È tutto estremamente lineare. Parallelo. Come i binari di un treno. Come una storia che si ripete.»

Intanto, anche il sovrintendente Bini si era seduto davanti alla scrivania e si era messo a guardare le foto del fascicolo di Marco Romoli, contenente i rilievi della Scientifica relativi al ritrovamento del suo cadavere, tre anni prima.

L'ispettore Proietti, quando capì che Casabona non aveva altro da dire, si inserì nel discorso con il suo consueto senso pratico.

«Scusi dottore, mi viene un dubbio: ma non è che ci stiamo complicando la vita da soli? Come diceva lei, abbiamo due omicidi e abbiamo due assassini. La cosa potrebbe anche finire qua. Non è detto che debba esserci per forza dell'altro. Potremmo anche accontentarci e metterci una pietra sopra.»

«Hai ragione Fabio, a questo punto non ci sarebbe rimasto molto altro da fare…, se non fosse arrivata la dottoressa Ochs a dirci che Renzo Chellini, in un attimo di lucidità, aveva parlato dell'omicidio della figlia Laura. E noi non possiamo ignorare che dai tabulati telefonici risulta che Luca Simoni era in contatto con lei... Anche il padre ci ha confermato che negli ultimi tempi la corteggiava con insistenza, ma che lei non ne voleva sapere.»

«Se Chellini avesse ragione, Simoni potrebbe aver ucciso anche lei» aggiunse De Marco.

«Certo. È un'ipotesi fondata. Però dobbiamo trovare delle prove, e allora sì che potremo chiuderla qui.»

La riunione stava per terminare quando si inserì Stefano Bini.

«Dottore mi scusi, posso dire una cazzata?»

«Ne hai dette tante oggi Bini, una in più non peggiorerà la tua situazione.»

Ci fu una risata generale che fece calare la tensione.

«Sì, ridete voi... ma tra tutti, in questa stanza io sono l'unico nato e cresciuto a Valdenza.»

«E allora?» chiese il commissario.

«Voi lo conoscete Filippo Tedici?» continuò Bini.

Tutti risposero di no, pensando si trattasse di un criminale della zona.

«Filippo Tedici è stato il più grande traditore della storia di Valdenza. Visse nel Milletrecento, ma la fece talmente grossa che ancora oggi la gente anziana lo nomina. Così quando vogliono infamare qualcuno come persona di cui non ci si può fidare, dicono che è come Filippo Tedici. La carogna, all'epoca, aprì di nascosto le porte della città agli assedianti, in cambio della nomina a Capitano del Popolo. In pratica vendette il suo popolo al nemico. Quando l'alleato e protettore morì, se la diede a gambe. Però lo riacciuffarono e gli tagliarono la testa. Sapete dove?»

«Dove, Bini? Che vuoi che ne sappiamo noi? Ci stai facendo una lezione di storia?» rispose Proietti.

«Al ponte di Campanelle. Dov'è stato trovato il cadavere della ragazza ucraina. E sapete poi la testa dove la portarono?»

Senza attendere la risposta, tirò fuori la foto della Scientifica che riprendeva in campo lungo il corpo di Marco Romoli sui gradini della chiesa di Sant'Andrea.

«Eccola» disse, indicando una testa in marmo annerita. Si trovava sulla colonna di destra dell'ingresso principale alla chiesa. Proprio sopra il cadavere. Poi continuò.

«Secondo la leggenda, la portarono qui, davanti alla chiesa di Sant'Andrea, per esporla al disprezzo di tutti gli abitanti di Valdenza. Prima di entrare, ci sputavano sopra e la usavano per spegnere le fiaccole. Dicono che è per questo che è così scura. Certo, potrebbe essere un caso. Ma il fatto che due cadaveri collegati alla stessa indagine si vengano a trovare proprio lì, con tanti ponti e chiese che esistono nella provincia di Valdenza... Be', qualche dubbio me lo fa venire.»

L'ispettore Proietti colse il senso del discorso.

«Dici che si è trattato di un messaggio? È plausibile. Qualcuno potrebbe aver usato quei luoghi per far sapere che le morti erano collegate a un tradimento. Un segnale per chi doveva capire. Quindi, se si accettasse questa tesi, anche Marco Romoli sarebbe stato ucciso. Il coma etilico potrebbe essere stato una messinscena.»

«Esatto, Fabio. Potrebbe essere andata proprio così» confermò Bini.

Casabona aveva seguito con interesse il racconto del sovrintendente. Tuttavia aveva l'obbligo di tenere il gruppo investigativo ancorato alla realtà, di fare in modo che non si perdesse dietro piste non riscontrabili. Cosa che avrebbe potuto depistare le indagini. Così intervenne a porre fine alla riunione.

«Va bene. La storiella mi sembra molto suggestiva, ma qui ci vogliono i fatti. I processi non si fanno con la fantasia. In dibattimento servono le prove, o al massimo indizi che siano gravi, precisi e concordanti.»

L'assistente Ruocco non era un tipo loquace. Stava in pattuglia con il sovrintendente De Marco da anni. Erano diventati a tutti gli effetti una coppia fissa. Dal punto di vista lavorativo, s'intende, visto che entrambi avevano mogli e figli. Andavano anche in vacanza insieme con le rispettive famiglie. Tra i due si era creata una distinzione di ruoli, e quello che parlava, di solito, era il sovrintendente. Ruocco si faceva notare soprattutto per le fragorose risate. Potenti e contagiose, su tutto e tutti. Quella sera, però, fece uno strappo alla regola, calando sul tavolo un altro punto interrogativo grande come il bastone pastorale del Papa.

«Ma non vi sembra strano che Marco Romoli sia stato trovato morto sui gradini della chiesa nello stesso periodo in cui alla questura di Firenze è arrivata la lettera anonima che ha fatto riaprire il caso dell'omicidio di Loretta Magnani?»

Il sovrintendente De Marco mosse vistosamente la testa in segno di approvazione, compiaciuto dell'intuizione del suo compagno di lavoro.

Casabona e Proietti si scambiarono uno sguardo, poi quest'ultimo disse:

«Ruocco ha ragione. E se fosse proprio questo il suo tradimento? Se fosse stato lui a scrivere quella lettera e poi qualcuno gliel'avesse fatta pagare?».

«Ma così si sarebbe denunciato da solo» commentò Bini. «Chi ha scritto la lettera dice che all'epoca era presente ma che non ha potuto far nulla per impedire l'omicidio. Vero, dottore?»

Casabona prese un foglio dalla copia del fascicolo che aveva portato via da Roma.

«Sì, è vero. Nella lettera c'è scritto: "... *Io quel giorno non ne fui capace, ero troppo giovane e avevo paura*"».

Intervenne De Marco a sostenere la tesi del collega.

«Questo non esclude che la ricostruzione di Ruocco possa essere plausibile. Forse era successo qualcosa di grave e Romoli si sentiva talmente in pericolo da correre il rischio di autodenunciarsi per difendersi.»

«Ma allora perché non farlo venendo direttamente da noi?» replicò Bini.

«Probabilmente non voleva uscire allo scoperto» rispose De Marco.

Proietti rientrò nel discorso.

«C'è da considerare anche un'altra cosa: è vero, potrebbe essere questo il tradimento. Aver fatto riaprire quel caso. Ma se fosse stato veramente Marco Romoli a scrivere la lettera, allora verrebbero fuori anche Renzo Chellini e il suo compare Rinaldo Petri, che gli avevano fornito l'alibi dichiarando che si trovava con loro a Roma.»

A questo punto intervenne Casabona. Deciso e risoluto.

«Fermi, fermi, fermi… ora basta. Continuando così, potremmo andare avanti per ore. Ma sono solo congetture… Stiamo tirando in ballo gente che, fino a prova contraria, non c'entra nulla. Noi stiamo indagando su un delitto avvenuto la settimana scorsa. Renzo Chellini è ricoverato da due settimane, chiuso a chiave nel reparto di psichiatria, quindi non pronunciate più il suo nome in relazione alla nostra indagine. Con questa gente ci vuole poco a trovarsi nei casini. L'unica cosa che farò, sarà chiedere alla collega biologa di Roma di provare ad acquisire il DNA dalla busta della lettera anonima. Se chi l'ha spedita ha usato la saliva per chiuderla o per affrancarla potremmo trovare una conferma a favore di questa tesi. La chiamerò oggi stesso. Ma finché non avremo l'esito, non parlatene con nessuno. Anzi, dimenticate questo eccesso di fantasia. Ora mettiamoci al lavoro. Abbiamo bisogno di cose concrete. Sappiamo ancora poco di questa comunità. Dobbiamo trovare il modo di acquisire altre informazioni, soprattutto sulle adozioni e gli affidi che hanno gestito. E lo dobbiamo fare nel modo più discreto possibile. Senza sollevare polveroni.»

32

Al termine della riunione, Casabona fu convocato con urgenza dal questore.

Il tono di voce con cui lo aveva invitato a raggiungerlo non prometteva nulla di buono. Infatti, il commissario fece appena in tempo a entrare nel suo ufficio, che fu investito da una serie di contestazioni, sparate a raffica con una rabbia inusuale. Il questore si alzò addirittura in piedi per essere più incisivo.

«Commissario Casabona, lei oggi ha superato ogni limite. Ho quasi quarant'anni di onorata carriera alle spalle, e non posso tollerare di essere esposto a richiami e figuracce per colpa sua. Ma chi si crede di essere? Lo sceriffo di Nottingham? Pensa di aver pieni poteri come l'ispettore Callaghan? Della serie "la legge sono io"? Lei non è nessuno! Lei è solo il capo della squadra mobile di una piccola provincia del cazzo come Valdenza. E se glielo dico io che ne sono il questore, può crederci. A Roma si dimenticano della nostra esistenza se non siamo noi a ricordarglielo con le nostre cazzate. Anzi, con le *sue* cazzate. Lei non può andarsene in giro in altre province a minacciare la gente per entrare, in modo illegale, all'interno di strutture sensibili adibite alla protezione dei bambini. Lei non può mandare i suoi uomini a Firenze per estorcere notizie riservate. Lei non può assumere informazioni su un caso di suicidio avvenuto fuori dalla nostra giurisdizione e sul quale stanno indagando già i carabinieri. E, soprattutto, non può collezionare una serie di minchiate come queste senza che io ne sappia nulla. Perché potrei anche comprenderne la logica, se ne fossi reso partecipe, ma non posso accettare di fare la figura del babbeo che non sa cosa fanno i suoi funzionari.»

Casabona capì subito che non era il caso di rispondere punto per punto. Conveniva attendere la fine della tempesta e poi tentare di giustificarsi.

La tattica funzionò. Il questore, dopo aver terminato e atteso per qualche secondo una replica, si calmò. Si mise a sedere e fu lui stesso a chiedere spiegazioni.

«Allora? Mi dice che diavolo le è venuto in mente? Cosa sta combinando?»

«Signor questore, mi creda, sono mortificato. Non era mia intenzione creare tutto questo casino. Sto solo cercando di fare il mio lavoro. Stiamo approfondendo alcuni aspetti poco chiari che sono emersi nell'indagine per l'omicidio della ragazza ucraina. Ho cercato di fare alcune verifiche di routine, non pensando minimamente di poter scatenare questo tipo di reazioni.»

«Ma il caso della ragazza ucraina non era chiuso? L'assassino è stato trovato morto nella sua auto in fondo al lago di Galleti. Le prove contro di lui sono schiaccianti. Si può sapere che altro sta cercando?»

«Posso sedermi?» chiese Casabona.

Il questore annuì.

«Non sono andato io a cercare rogne, signor questore, sono loro che sono venute da me. Prima è saltata fuori una corrispondenza tra il DNA di Luca Simoni e una traccia rinvenuta sulla scena del crimine di un omicidio risalente al 1969. Poi è arrivata una psichiatra a denunciare che un suo paziente, il fondatore della comunità "La siepe", le aveva detto che la figlia venticinquenne non si era suicidata, come pensavano i carabinieri, ma era stata uccisa.

Infine, è emerso che anche questa ragazza aveva rapporti con Luca Simoni. E questa è solo una sintesi di tutte le complicazioni che si sono presentate dopo il ritrovamento del corpo di Luca Simoni nel lago. Io ho semplicemente cercato solo di vederci chiaro, con qualche verifica, qualche accertamento. Che altro avrei dovuto fare? Nascondere la testa sotto la sabbia?»

Il questore si protese in avanti sulla scrivania, per avvinarsi e parlare più a bassa voce.

«È stato ingenuo e imprudente. Ha peccato di superficialità. Ha fatto le cose senza pensare. Mi ascolti bene: io ho lavorato in Sicilia durante la stagione dei veleni e ho sviluppato un fiuto particolare per certe cose. Se, mentre ci si avvicina a un albero, si viene aggrediti da una vespa è bene pensare che nei pressi di quell'albero ci possa essere un alveare. Allora bisogna avvicinarsi con cautela. Lei, invece, ci si è buttato a capofitto. Direttamente con la testa dentro il vespaio. È evidente che è entrato in un terreno insidioso. Da questo momento in poi, faccia molta attenzione. Non sono più ammessi passi falsi. Guardi che non potremo proteggerla né io né il dottor Boccuso. Le reazioni che ci sono state sono quelle di gente molto potente. Gente che non si espone in prima persona, che gestisce nell'ombra. Mi ha chiamato il questore di Firenze, il deputato locale che è molto sensibile alla tematica della protezione dei minori e, per finire, il comandante provinciale di Firenze dei carabinieri. Tutte istituzioni che non sono direttamente interessate alla comunità "La siepe", alle quali non gliene frega niente del suicidio o delle adozioni. Sono state attivate da altri interessi che si muovono dietro di loro, dei quali non sono nemmeno consapevoli. Questo è peggio, perché non si sa chi è il nemico. Potrebbe essere chiunque, anche qualcuno molto vicino a noi. E poi è giusto che sappia che sono già partite le calunnie. Stanno facendo girare la voce che lei è interessato a protrarre le indagini perché vuole scoprire se nel giro della "Fragolina Time" c'è anche sua moglie. Stia in campana, Casabona.»

Quest'ultima affermazione arrivò al commissario come una coltellata allo stomaco. Subito pensò che la voce potesse essere partita dall'interno della squadra mobile. Qualcuno poteva aver male interpretato gli SMS della donna che si firmava Francesca, cosa che del resto aveva fatto anche lui. Poi accantonò l'idea. Non era un'informazione dettagliata quella riferita dal questore. Piuttosto sembrava il frutto delle solite malelingue. Il sottile lavoro di quel branco di invidiosi e rancorosi che popolano ogni ambiente di lavoro. Sciacalli che sanno allearsi tra loro, quando si prospetta la possibilità di fare del male senza correre il rischio di uno scontro. Vigliacchi abituati ad agire nell'ombra. No, non potevano essere quelli della Mobile. Nella sua squadra non c'era gente così.

Reagì con rabbia.

«Questa è una grande cazzata, signor questore.»

«Lo so, Casabona. Non c'è bisogno che me lo dica. Gliel'ho voluto confidare per farle capire che corre il rischio di essere stritolato da questa storia. Glielo ripeto: faccia molta attenzione. Segua sempre le procedure e tenga le carte a posto. Non faccia mai passi azzardati. Non si fidi di nessuno. Porti sempre qualcuno con lei che possa testimoniare quello che succede. Qualcuno su cui può contare ciecamente. Nel caso esistesse.»

33

Casabona uscì dall'ufficio del questore molto teso. Si era fatto tardi e si sentiva stanco. Scese giù alla Mobile per prendere le sue cose e andarsene in camera a riposare, ma si rese conto che le sorprese non erano ancora finite. Questa volta, almeno, si trattava di una cosa piacevole. Il suo vecchio amico padre Masseo era passato a fargli visita e lo stava aspettando in ufficio.

Era il frate francescano che gestiva la comunità di recupero per alcolizzati e tossicodipendenti "Mondo Nuovo". L'aveva creata nel vecchio convento di Colle Salvini, dopo che era rimasto da solo a gestirlo.

Casabona lo riconobbe subito, anche vedendolo seduto di spalle. Era inconfondibile con il suo fisico robusto e la barba bianca curata. Sempre senza il saio, ma con gli immancabili pantaloni blu e il maglioncino dello stesso colore con appuntata la croce del Tau.

«E tu che diavolo ci fai qua? Mi devo preoccupare? È successo qualcosa di grave?» gli chiese il commissario.

Il frate si alzò e gli andò incontro per abbracciarlo.

«Tranquillo Tommaso, non è successo nulla. Solo che, come si dice, se la montagna non va da Maometto, è Maometto che va alla montagna. Dici sempre che passi, ma poi non ti fai vedere, così ho pensato di farlo io.»

«Hai fatto bene. Sono contento di vederti. Anche se non me la stai raccontando tutta.»

Lo fece accomodare sulla poltrona e andò a sedersi dietro la scrivania.

L'unica luce della stanza era quella soffusa della lampada da tavolo, che creava un'atmosfera molto intima e rilassata.

«La verità è che ho saputo che sei andato via di casa e sono venuto a vedere se avevi bisogno di qualcosa. Ti trovi bene qui? Se vuoi io ho delle camere libere al convento. Puoi unirti a noi.»

«Chi te l'ha detto, Francesca?»

«Sì, l'ho incrociata per caso qualche giorno fa. Ci siamo messi a parlare e mi ha raccontato che eri andato via.»

«E mi avrà anche dato tutta la colpa, immagino.»

«Assolutamente no, Tommaso. Anzi, ha detto che si tratta di un momento di crisi per entrambi e che è sicura che prima o poi ne uscirete. L'ho trovata stanca e preoccupata.»

«Non mi è sembrata stanca, l'altro giorno. Quando l'ho vista al bar con un tipo.»

«Non ti fidare delle apparenze e non dare giudizi affrettati. Vi conoscete da più di venticinque anni, non c'è motivo di avere fretta proprio ora. Prendetevi il tempo che vi occorre senza fare o dire cose che possano tagliarvi i ponti alle spalle. Comunque, io non sono venuto per tentare una riconciliazione. Sono passato solo per dirti che se ti senti solo e hai bisogno di un amico, puoi contare su di me.»

Casabona, il più delle volte, lo chiamava confidenzialmente Frate Tuck, come il corpulento amico di Robin Hood.

«Grazie Tuck, stasera sono veramente a pezzi e non vedo l'ora di andare a letto. Una delle prossime sere ceniamo insieme, te lo prometto.»

«Perfetto, sai dove trovarmi.»

Padre Masseo si alzò per andare via. Ma Casabona, all'improvviso, si ricordò del foglio sgualcito che gli aveva dato la dottoressa Ochs e lo bloccò.

«Aspetta un attimo.»

Aprì il cassetto dove lo aveva riposto e glielo porse.

«Visto che sei qui, potresti dare un'occhiata a questo brano? Ti dice niente?»

Padre Masseo tornò a sedersi e lesse a voce alta.

«Ho il potere di deporre la mia anima e il potere di riprenderla.»

Ci pensò un po' su, poi esclamò: «Si tratta di un'affermazione attribuita a nostro signore Gesù Cristo. Viene riportata nel *Fisiologo*, un breve testo redatto ad Alessandria d'Egitto, probabilmente in ambiente gnostico, tra il II e il IV secolo d.C. Gesù viene identificato con la fenice, l'uccello mitologico che va a morire ogni cinquecento anni, arde completamente e poi rinasce dalle sue stesse ceneri. Rientra nel simbolismo paleocristiano del rinnovamento e della resurrezione. La possibilità del riscatto dal peccato attraverso la catarsi e il pentimento.»

«Ti riferisci all'Araba fenice?»

«Sì. Il mito è diffuso in tutte le culture, a partire dalle più antiche. Quindi anche in quella cristiana. La matrice simbolica è sempre la stessa. Rappresenta non solo l'eternità dello spirito ma anche tutte le morti e le rinascite che l'uomo compie in vita. La fenice risorge dalle proprie ceneri, che contengono l'uovo che la rigenera. Questa particolarità è diventata anche un modo di dire: *rinascere dalle proprie ceneri*. Si usa per indicare un periodo difficile della vita, che viene superato per tornare più forte di prima. Si dice che si applica a se stessi *il metodo della fenice*.»

Gli restituì il foglio.

«Ma dove l'hai trovato?»

«La frase l'ha scritta su quel foglio Renzo Chellini, il fondatore della comunità "La siepe". Lo conosci?»

Padre Masseo divenne molto serio.

«Stanne lontano, Tommaso. È gente pericolosa e molto potente. Ho sentito dire brutte cose su di loro.»

Casabona non si scompose affatto. Anzi, la prese con ironia.

«Ti ringrazio per l'avvertimento, Tuck. Ma arrivi in ritardo. Sono già stato abbondantemente messo in guardia.»

Parte terza

IL MESSIA

> *Guardatevi dai falsi profeti,*
> *i quali vengono a voi in veste di pecore,*
> *ma dentro sono lupi rapaci. Voi li riconoscerete dai loro frutti. Si*
> *raccoglie uva dalle spine o fichi dai rovi? Così, ogni albero buono*
> *produce frutti buoni; ma l'albero cattivo produce frutti cattivi.*
> Matteo (7,15-17)

Pianse.

Non per il bruciore della lama che le squarciava la carne e neppure per il dolore dei nervi recisi e delle vene aperte che sputavano sangue tutt'intorno.

Pianse quando si accorse che era già accaduto.

La morte si era impossessata del suo corpo, aveva solo bisogno di un po' di tempo per portarlo via. Non si poteva fare nulla per tornare indietro, perciò pianse.

Fu un pianto che saliva dall'anima, un respiro disperato e rassegnato insieme. Definitivo.

Pianse su se stessa. Sulla sua giovane vita che se ne andava. Sul ricordo di ciò che era stata e su quello che avrebbe potuto essere. Sul futuro del mondo che ci sarebbe stato anche senza di lei.

Anche lui pianse quando le affondò il coltello nel ventre, ma di un dolore sordo, che sapeva di debolezza. Impercettibile e nascosto. Qualcosa di cui vergognarsi, da vincere e scacciare via.

Pianse sotto il peso dell'ineluttabile.

Era stato chiamato a fare ciò che era necessario.

Perché lui era il messia.

Recita un antico proverbio: "Fatevi gli amici in tempo di pace che vi possono servire in tempo di guerra". Casabona, che era del Sud e aveva lavorato a Napoli, lo conosceva bene. Era un detto che aveva un valore universale e girava persino nelle carceri e negli ambienti della camorra. Quando c'è aria di guerra bisogna guardarsi intorno per capire chi potrà essere un alleato, chi si limiterà a dare una mano e chi rimarrà neutrale. Tutti gli altri saranno nemici con i quali bisognerà fare i conti.

Boccuso, il pubblico ministero titolare delle indagini, si sarebbe potuto rivelare un alleato oppure, nella peggiore delle ipotesi, gli avrebbe dato una mano in caso di bisogno. Tuttavia era necessario evitare di fare altri passi falsi con lui. Perciò, la mattina, all'apertura degli uffici, il commissario si precipitò in procura per metterlo a conoscenza di tutte le novità che erano emerse nel corso delle indagini. Gli aveva già inviato il verbale delle dichiarazioni della dottoressa Ochs; ora voleva parlargli della storia del DNA di Luca Simoni e di tutte le altre circostanze che aveva consentito di portare alla luce.

Boccuso lo accolse con la solita cordialità, ma dopo aver capito qual era l'argomento della chiacchierata, lo interruppe subito.

«È molto interessante quello che mi sta dicendo, ma io non sono più titolare del procedimento. Ho dovuto passare il fascicolo proprio a seguito delle dichiarazioni rese dalla dottoressa Ochs, in base alle quali è possibile ipotizzare che Luca Simoni sia responsabile anche della morte di Laura Chellini. Come lei sa, dato che questo omicidio sarebbe avvenuto prima di quello di Tania Orlosky, ho dovuto inviare gli atti alla procura di Firenze, competente per territorio per il primo degli eventi. Sono le regole del codice di rito. Il caso non ci riguarda più, dottore. E comunque, per quello che ci competeva, la situazione era ormai definita.»

Casabona, per non fare la figura dello sprovveduto, fece buon viso a cattivo gioco, disse: «Certo, è ovvio».

In realtà, quando Renzo Chellini gli aveva parlato della possibilità che la morte della figlia Laura potesse essere avvenuta per mano altrui, non aveva minimamente considerato gli effetti che la cosa avrebbe prodotto sulle indagini in corso. Il trasferimento della competenza a un altro ufficio.

"Mia figlia non si è suicidata. È stata uccisa".

Una semplice frase, rivelatasi poi il frutto di una visione onirica, aggiunta alle telefonate tra Luca Simoni e Laura Chellini emerse dai tabulati telefonici, li aveva estromessi dalle indagini.

Se fosse stata una partita a scacchi, sarebbe stata una bella mossa. Quasi uno scacco matto. Ma quella non era una partita a scacchi. O forse sì, ma lui non lo aveva ancora capito.

«Ora chi se ne occuperà?» chiese.

«Non lo so. Sarà il procuratore di Firenze a decidere. Probabilmente il fascicolo andrà allo stesso magistrato che ha in carico il procedimento aperto sull'ipotesi di suicidio della ragazza, il quale delegherà i carabinieri per le indagini. Non credo che avverrà a breve. Ci sono dei tempi tecnici da rispettare, dei passaggi burocratici. Vedrà, passerà almeno un mesetto. Poi ci saranno le feste di Natale in mezzo. Immagino che se ne riparlerà a gennaio del prossimo anno.»

Casabona era stordito, sembrava un pugile che avesse ricevuto un gancio al mento. Si alzò per andar via e Boccuso lo accompagnò alla porta.

«Commissario, detto tra noi, forse è meglio così. Questa storia stava prendendo una piega che non mi piaceva per niente.»

Casabona annuì.

«Con le intercettazioni come si fa?» domandò.

«Le lasci andare a scadenza naturale. Poi chiuda tutto.»

Uscendo dal palazzo del tribunale, il commissario incontrò la giornalista della *Nazione* Agata Troise. Sembrava che lo stesse aspettando. Lo invitò a prendere un tè al bar all'angolo di piazza del Duomo.

Si sedettero a un tavolino nella saletta affrescata. Attraverso le grate in ferro battuto di una finestra a tabernacolo, si poteva vedere il campanile in tutta la sua altezza.

Era evidente che doveva dirgli qualcosa. Ma aveva i suoi tempi e i suoi modi, figli di un'educazione d'altri tempi, secondo la quale anche la forma è sostanza e segno di rispetto.

Al momento giusto arrivò al dunque.

«Sai, Tommaso? Abbiamo un nostro vecchio corrispondente, ora in pensione, che abita a Pulica. Mi ha detto che ti ha visto in paese e che poi ti sei diretto verso la comunità "La siepe".»

«Se ti dico che eravamo andati a funghi ci credi?»

La giornalista rise.

«Certo. E l'altra volta al lago di Galleti eravate andati a pesca.»

Casabona incassò la frecciatina. Era il modo di Agata di fargli sapere che non aveva gradito il favore fatto alla giovane collega Lara Senzi. Ma era un altro il motivo per cui l'aveva cercato. Non era il tipo da farsi prendere da rancori di così bassa lega.

«Ascolta Tommaso, non serve che ti dica che ambientino gira intorno a quella comunità. Sei una persona esperta e accorta, sicuramente te ne sarai reso conto.»

Il commissario confermò con tono sarcastico.

«Me ne sono accorto e me l'hanno fatto capire, sì.»

«Ecco, appunto. Io volevo solo ricordarti che alla procura di Firenze c'è la dottoressa Marini. Te la ricordi, no? Quella che fu trasferita da Valdenza qualche anno fa.»

«Certo che me la ricordo. Abbiamo lavorato bene insieme. Ma lei si occupa di reati ai danni di minori e soggetti deboli, ora.»

«Appunto. Io ogni tanto vado a farle visita. Qualche anno fa mi confidò che stava lavorando sulle dichiarazioni di un giovane che in passato era stato ospite proprio della comunità "La siepe". Mi disse che stavano venendo fuori brutte storie e che stava incontrando delle resistenze. Il giovane mi sembra si chiamasse Luca Picierno.»

Pronunciò quel nome con candido distacco, lasciandolo cadere con indifferenza. Poi guardò Casabona negli occhi. Non vi fu bisogno di aggiungere altro.

«Bene, penso proprio che passerò a farle visita anche io. È da un po' che non la vedo.»

Si alzò per andare a pagare il conto ma Agata Troise, con un cenno della mano, aveva già fatto capire alla barista che avrebbe provveduto lei.

«Ti ho invitato io, Tommaso. Concedimelo.»

Mentre si salutavano, lei gli disse, avvicinandosi al suo orecchio: «Stai in campana, Tommaso. Sii più prudente, ti stai facendo notare troppo. Hai messo in allarme parecchie persone. Gente che conta».

36

La dottoressa Adele Marini lavorava a Firenze da qualche anno, dopo aver svolto a lungo la funzione di pubblico ministero a Valdenza.

Ufficialmente aveva chiesto di essere trasferita nel capoluogo di regione per vivere una nuova esperienza professionale e avvicinarsi a casa. Nell'ambiente, però, si mormorava che sulla sua decisione aveva influito anche il fatto che alcune indagini delicate l'avevano portata in rotta di collisione con l'allora procuratore di Valdenza.

Ora il suo ufficio si trovava al terzo piano del palazzo della procura della repubblica di Firenze.

La sua stanza era grande e molto luminosa.

Fra il giudice e Casabona i rapporti erano rimasti buoni. Non si vedevano spesso ma l'accoglienza fu calorosa e sincera. Anche perché quelle famose indagini delicate le avevano fatte insieme e lui le aveva portate avanti quando lei era andata via. Nella stessa ostinata direzione. Cosa che aveva creato imbarazzo in alcuni ambienti che contavano della politica e della pubblica amministrazione.

Il commissario non voleva esporre direttamente Agata Troise, così la prese alla larga. Ci furono i convenevoli, le curiosità da assecondare: cos'ha fatto quello, come è finita quella vicenda, si ricorda di… e così via. Finche non arrivò la fatidica domanda: «Di cosa vi state occupando in questo periodo?».

Era l'assist che Casabona aspettava.

«La settimana scorsa abbiamo rinvenuto il corpo di una ragazza ucraina soffocata con un sacchetto di plastica. Era stato abbandonato sotto un ponte nella zona di montagna di Valdenza. Le indagini sono andate lisce come l'olio. Nel giro di qualche giorno abbiamo dato un nome al responsabile che, successivamente, è stato trovato annegato nel lago di Galleti, dove era precipitato con la sua auto. Si chiamava Luca Simoni. Per l'anagrafe, all'età di dodici anni era stato adottato con il cognome e i dati anagrafici di un orfano proveniente da Napoli e assegnato in affido alla comunità "La siepe". Abbiamo fatto alcuni accertamenti e abbiamo scoperto che l'adozione c'era stata, ma il bambino non era quello che risultava dai documenti, bensì un altro. Il figlio di una ragazza madre uccisa nel 1969, sempre da quelle parti. Si trattava di Lorenzo Magnani, anche lui affidato alla comunità "La siepe".»

«E il bambino napoletano come si chiamava?» chiese la dottoressa Marini, che si era concentrata ancora di più sul racconto quando aveva sentito pronunciare il nome della comunità "La siepe".

«Luca Picierno.»

«Il mulatto?»

«Proprio lui.»

Il giudice, che era una donna molto sveglia e con un bel po' di mestiere alle spalle, lo guardò di sbieco.

«Ha parlato con Agata?»

Casabona non provò nemmeno a negare.

«Sì, le ho raccontato la storia e mi ha detto che, forse, questo nome poteva dirle qualcosa.»

«Certo che mi dice qualcosa. Ho avuto a che fare con lui tre anni fa. Fu arrestato dai carabinieri per una rapina in una gioielleria. Faceva parte di un gruppo di delinquenti napoletani in trasferta. Quando lo interrogai in carcere, non volle rivelarmi nulla sui suoi complici, però mi disse che se gli avessi garantito uno sconto di pena mi avrebbe raccontato com'era finito a fare quella vita e chi gli aveva rovinato l'esistenza.»

«Renzo Chellini e quelli della comunità» la anticipò Casabona.

«Esatto, proprio loro. Mi parlò dei metodi educativi violenti che utilizzavano con i bambini, degli abusi che erano costretti a subire e del fatto che qualcuno dei ragazzi ogni tanto spariva. Mi fece anche il nome di un contadino che viveva nei terreni della comunità. Mi disse che non era come gli altri, si era comportato bene con lui. Gli aveva salvato la vita facendolo scappare quando invece gli era stato ordinato di ucciderlo. All'epoca Picierno aveva dodici anni. Era stato allora che aveva lasciato la comunità, di nascosto dai capi che lo credevano morto. I fatti raccontati erano, al tempo stesso, gravissimi e molto delicati. La comunità "La siepe" gode di appoggi di gente molto potente, appartenenti ad ambienti politici, economici e religiosi. Anche qualche magistrato la frequenta. Per aprire un procedimento senza correre il rischio di essere immediatamente sbranata, visti anche i precedenti di Valdenza, avevo bisogno di riscontri. Così provai a contattare quel contadino. Si chiamava Marco Romoli e si dichiarò disponibile a parlare con me. Si sentiva che non vedeva l'ora di togliersi un grosso peso dalla coscienza.»

«Solo che lo trovarono morto, in coma etilico davanti alla chiesa di Sant'Andrea a Valdenza» continuò il commissario.

«Esattamente il giorno prima della data fissata per l'interrogatorio in procura. Vedo che i suoi accertamenti sono stati molto approfonditi. Non avete perso il vizio di fare le cose per bene alla Mobile di Valdenza» commentò la dottoressa Marini.

Poi continuò il suo racconto.

«Alla fine mi ritrovai con queste dichiarazioni in mano, ma non riuscii a concludere nulla. La comunità era inavvicinabile. L'unica persona disponibile a parlare era morta. Luca Picierno, nel frattempo, venne messo agli arresti domiciliari a Napoli e ne persi le tracce. Fine della storia. Ma mi è rimasta qui.» Fece il gesto di indicare la gola con il dito indice. «Non l'ho dimenticata. Aspetto solo il momento opportuno.»

Se lo diceva lei, c'era da crederci. Aveva un bel caratterino e non le piaceva perdere. Come a Casabona, d'altronde.

«Chissà che quel momento non sia arrivato, dottoressa. Noi abbiamo raccolto un bel po' di elementi interessanti, dal punto di vista investigativo. Solo che Chellini si è inventato un colpo da maestro. Dopo il suicidio della figlia, avvenuto prima dell'omicidio della ragazza ucraina, si è fatto ricoverare nel reparto psichiatrico dell'ospedale di Valdenza. Poi ha dichiarato di sapere, per motivi che non ha saputo specificare, che la figlia, in realtà era stata uccisa.»

«Così l'indagine è passata a Firenze e voi siete rimasti con in mano un pugno di mosche.»

«Precisamente. Ma anche a me è rimasta qui.» Fece lo stesso gesto con il dito indice alla gola. «E non intendo mollare.»

«Di cosa ha bisogno, commissario? Come posso aiutarla?»

«Intanto ho bisogno di rintracciare Luca Picierno e farmi raccontare tutta la storia, in modo che la possa mettere in relazione con quella di Lorenzo Magnani, diventato successivamente Luca Simoni. Ma potrei arrivarci anche da solo, con l'aiuto di qualche collega di Napoli. La cosa che non riesco a fare è acquisire la documentazione sulle adozioni e gli affidi che hanno riguardato la comunità "La siepe". Per questo avrei bisogno di lei. Però dovremmo trovare il modo di farlo con discrezione. Senza che nessuno se ne accorga. Tenga presente che l'altro giorno ho mandato il sovrintendente Bini a chiedere informazioni in veste ufficiale e al ritorno ho trovato il questore su tutte le furie. Ci è mancato poco che telefonasse anche il Presidente della Repubblica per quello che, secondo loro, era stato un tentativo di impossessarsi abusivamente di documenti riservati.»

«Vedrò di inventarmi qualcosa. Al tribunale per i minori c'è una collega di cui mi fido ciecamente. Parlerò con lei per vedere se riesce ad accedere ai documenti in maniera riservata, attraverso il suo computer in rete. Ripassi domani, in tarda mattinata. Vedrò di farglieli trovare.»

«Domani andrò a Napoli per cercare Luca Picierno. Verrà l'ispettore Proietti al mio posto.»

«Bene, è da un po' che non vedo Fabio. Sarà un piacere rincontrarlo.»

37

Luca Picierno abitava nella zona nord di Napoli. Era bastata una telefonata alla Mobile partenopea per individuarlo. Aveva occupato abusivamente un appartamento in una palazzina popolare. Campava alla giornata, come si dice da quelle parti. Si arrangiava come poteva: lavori da manovale nell'edilizia, rigorosamente in nero, un po' di contrabbando, qualche furto in trasferta. Nonostante avesse solo trentadue anni, doveva sfamare moglie, suocera e tre figli piccoli.

Casabona partì, insieme al sovrintendente Stefano Bini, quel pomeriggio stesso, dopo aver parlato con la dottoressa Marini.

Alle sette del mattino successivo erano già operativi, affiancati da una pattuglia locale della squadra mobile che conosceva bene la zona.

Il quartiere si chiamava Pianura. Fino ai primi del Novecento era stato un tranquillo centro agricolo di poche migliaia di abitanti, poi era entrato a far parte del comune di Napoli. Negli anni Settanta si era sviluppata un'edilizia selvaggia e abusiva. Nel giro di poco tempo, grazie agli investimenti della camorra e alla connivenza dei politici, era diventato un enorme agglomerato di casermoni di sette-otto piani, costruiti senza alcuno standard abitativo e senza alcun piano regolatore. Come se non bastasse, dopo il terremoto del 1981 era stato scelto come sito per costruire i "villaggi terremotati". Migliaia di sfollati del centro storico di Napoli erano stati trasferiti nel già disastrato quartiere. A tutto ciò si era aggiunta quella che per anni fu la più grande discarica di Napoli. Dove si era sversato di tutto, con il beneplacito dei clan criminali che si arricchirono a scapito della salute degli abitanti della zona.

Si trattava di un quartiere ad alta densità criminale. Gli omicidi erano all'ordine del giorno, nell'ambito di una serrata guerra tra bande.

Nonostante tutto le forze dell'ordine ci si muovevano bene. Usavano un approccio "deciso", commisurato al livello criminale esistente. Insomma, non si andava molto per il sottile e le regole erano molto più elastiche che in altre regioni d'Italia. Questo incuteva timore, e dal timore nasceva l'unica vera forma di rispetto che ci si può aspettare da un delinquente. Capace di riconoscere la differenza tra la forza e la debolezza, e di capire che conviene inchinarsi davanti alla prima.

Qualche rischio si correva comunque. Primo fra tutti quello di essere scambiati per un gruppo di fuoco di un clan rivale. Perciò, per andare a bussare all'appartamento dove sperava di trovare Picierno, Casabona si fece affiancare anche da due volanti del commissariato di zona con personale in uniforme.

La visita creò scompiglio. Anche se non si trattava di un arresto o di una perquisizione, la teatralità che regnava in quell'ambiente doveva trovare comunque il modo di esprimersi. Così ebbe inizio la solita sceneggiata delle donne, che serviva per dare il tempo al ricercato di vestirsi e cercare di lasciare l'appartamento.

La manovra, ormai ampiamente conosciuta dagli agenti di zona, non riuscì. Luca Picierno fu bloccato mentre tentava di uscire dalla finestrella del bagno, che dava su un terrazzo confinante.

«Hanno arrestàt o' biscòtt». Questa era la notizia che le donne si passavano di balcone in balcone alla domanda: «Ch'è stat?».

Perché Luca Picierno, nel suo quartiere, era conosciuto come *o' biscòtt*, per via del colore della sua pelle che era l'incontro del bianco e del nero. Come il famoso biscotto al cioccolato e vaniglia.

Lo portarono in questura a via Medina.

Casabona ebbe a disposizione un ufficio della Mobile dove c'erano una scrivania, un computer per compilare il verbale e quattro sedie.

Dalla strada arrivavano i rumori del traffico caotico di Napoli. A compensare il fastidio, c'era la splendida vista del mare e del Vesuvio che si godeva dalla finestra della stanza.

Picierno, all'inizio, non ne voleva sapere di parlare.

«Commissà, io di questa storia non ne voglio sapere niente. Quando ve l'ho detto, tre anni fa, un altro po' e ve la prendevate con me. Io ho tre figli piccoli da mantenere. Di guai ne ho passati pure troppi. Ora sto cercando di tirare dritto. Mi sono trovato un lavoro onesto. Faccio il muratore ai Camaldoli. Voglio stare tranquillo.»

Oltre a Luca Picierno, nell'ufficio erano rimasti Casabona, Bini e un ispettore della Mobile di Napoli. Ma fu il commissario di Valdenza a condurre l'interrogatorio. Non era per nulla a disagio in quel luogo, avendoci lavorato per anni. Parlavano la stessa lingua.

«Senta Picierno, io la capisco. Tre anni fa le cose non andarono come dovevano. Però, prima che lei decida se collaborare o meno, deve sapere due cose. Primo: Marco Romoli, la persona a cui deve la vita, all'epoca era disposto a parlare, solo che non fece in tempo. Morì in circostanze poco chiare il giorno prima del suo interrogatorio in procura a Firenze. Secondo: la comunità "La siepe" è ancora in piena attività. In questo momento ci sono decine di bambini e ragazzi che stanno passando quello che ha passato lei. Dal suo comportamento di oggi dipende il loro destino.»

Il giovane si mise entrambe le mani nei capelli e si chinò con la fronte a toccare le ginocchia. Restò così per qualche secondo, poi ritornò dritto sulla sedia.

«Va bene, io vi dico tutto quello che mi ricordo, però voi mi dovete garantire che non succederà nulla alla mia famiglia.»

«Hai la mia parola. Questa storia la chiudiamo definitivamente, stavolta.»

Picierno sembrava essersi convinto. «Scrivete allora» ordinò con tono perentorio.

Bini si sedette davanti al computer e si preparò a verbalizzare.

«Quella comunità è peggio dei campi di concentramento tedeschi. Io ci entrai che avevo sei anni. Mi ci mandarono le suore dell'orfanotrofio dell'Immacolata Concezione di via Foria. Dissero che lì sarei stato bene. La Toscana era bella, organizzata. Ci stava gente buona, non come a Napoli. Avrei trovato una famiglia che mi avrebbe adottato. Invece ci trovai l'inferno. Comandava tutto uno che si faceva chiamare "il messia" e aveva uno scagnozzo che lo assecondava e gli faceva da guardaspalle.»

A Casabona tornò subito in mente la lettera anonima che aveva fatto riaprire le indagini sull'omicidio di Loretta Magnani: "La povera donna nel casolare la uccise il messia. Poi ha fatto ancora tanto male. Fermatelo. Io quel giorno non ne fui capace, ero troppo giovane e avevo paura."

«Se li ricorda i loro veri nomi?» chiese il commissario.

Il giovane ci pensò su un attimo.

«Renzo. Renzo Chellini. Così si chiamava il capo. Il messia. Dell'altro mi ricordo solo il nome: Rinaldo. Era grosso, aveva una cicatrice sulla faccia. Un animale.»

Casabona fu attraversato da un brivido leggero, impercettibile. Lo stesso che accompagna il cacciatore quando riesce a inquadrare la preda nel mirino, dopo averla attesa per ore. Scambiò uno sguardo d'intesa con Bini. Poi proseguì con le domande.

«Che cosa accadeva nella comunità?»

«Ci facevano stare sempre separati, tra maschi e femmine. Tra noi non si poteva parlare. Nemmeno per cose banali. Ci facevano lavorare come schiavi nei campi. La sveglia era alle cinque, tutti i giorni. Anche d'inverno. Chi si lamentava veniva lasciato al freddo anche di notte. Non si poteva piangere e chi ancora aveva i genitori doveva rompere ogni rapporto con loro. L'unica famiglia doveva essere la comunità e il messia era il padre di tutti. Per fare questo costringevano i bambini a denunciare alla polizia di aver subito falsi abusi nella loro famiglia d'origine. Alcuni genitori sono persino finiti in carcere per questo. E poi, il messia sceglieva a turno chi doveva essere premiato e disponeva chi andava punito.»

«In che cosa consistevano i premi e le punizioni?»

Picierno ritornò nella posizione di prima, con la testa tra le mani. Poi chiese se poteva accendersi una sigaretta. Casabona glielo consentì.

«Se la sente di essere più preciso? Capisco che si tratta di ricordi bruttissimi, ma è necessario se vogliamo fare giustizia» aggiunse il commissario.

«Il premio…» Scosse il capo. «Il premio era rimanere a dormire con lui. Una notte che non finiva mai. Metteva le mani dappertutto. Si faceva toccare e baciare le parti intime. Qualche volta c'erano anche altre persone con delle maschere. Tipo quelle dei cartoni animati che si mettono a carnevale. Anche con loro bisognava fare le stesse cose. Per le punizioni, invece, c'era la stanza del demonio. Una stanza chiusa, con una corda al centro dove si veniva legati completamente nudi. Poi una carrucola a motore ti tirava su. Faceva caldo. Era dentro una rimessa. Io ci sono stato una volta sola, non so per quanto tempo. Forse un paio di giorni. Ma sembrarono un'eternità. A un certo punto, arrivò lui con i suoi amici. Piazzarono una cinepresa su un cavalletto. Mi misero un cappuccio nero in testa e approfittarono di me come se fossi stato un agnello appeso al gancio di una macelleria.»

Tacque. Tutti lo guardarono con compassione. Nessuno disse più nulla per un po'.

Riprese da solo.

«Io sono stato anche fortunato. Molti ragazzi all'improvviso sparivano, e non se ne sapeva più nulla. Non venivano adottati. Quando qualcuno doveva essere adottato si sapeva molto prima. Li sceglievano tra quelli che si erano dimostrati più affidabili, che non avrebbero parlato. Le generalità le aggiustavano a loro piacimento. Tanto sui certificati non c'erano le fotografie e nessuno di noi aveva la carta d'identità. Eravamo troppo piccoli. Forse qualcuno è stato adottato con il mio nome, chi lo sa?»

Casabona preferì non dire nulla di Luca Simoni. Non ritenne necessario, in quel momento, aggiungere altri motivi di dolore.

«Io ero un ribelle. Non gli piacevo. Una notte mi venne a prendere lo sfregiato e mi portò da un contadino che lavorava con noi nei campi e viveva nella comunità. Gli disse che sapeva cosa doveva fare. Mi lasciò lì e se ne andò. Il contadino mi portò dietro la rimessa, dove c'era l'ingresso di una grotta naturale che scendeva tra le rocce. Poi ci ripensò. Si mise a piangere. Ritornammo verso la strada da cui si usciva dalla comunità e mi accompagnò fino alla statale. Mi disse di andare via e non tornare mai più, altrimenti ci avrebbero ammazzati entrambi. Avevo solo dodici anni. Camminai tutta la notte e arrivai in un paese dove c'era una stazione ferroviaria. Passando da un treno all'altro e facendo l'elemosina per mangiare, in un paio di giorni riuscii a tornare a Napoli.»

Si alzò. Andò vicino alla finestra e si accese un'altra sigaretta. Guardava il mare.

«Quante volte me lo sono sognato, il mare. La libertà. Quando la notte stavo male pensavo che prima o poi ci sarei tornato. Eccolo là, il mare. Ma la libertà non l'ho ancora trovata veramente. La vita, per la gente come me, è sempre una schiavitù.»

«Non ha mai pensato di tornare per vendicarsi?» chiese Casabona.

«Ogni volta che mi capita di soffrire e, credetemi, succede spesso, penso: "mo' vado là e lo uccido, il messia". Perché so che se al suo posto ci fosse stato un uomo onesto, la mia vita avrebbe potuto essere diversa. Non l'ho mai fatto per tenere fede alla promessa che feci a Marco, il contadino che mi ha salvato. Ma ora che mi avete detto che è morto, se questa cosa non la sistemate voi, lo farò io. Ne potete star certi.»

Casabona gli andò vicino. Gli appoggiò una mano sulla spalla e lo guardò negli occhi.

«La sistemiamo, Luca. La sistemiamo.»

38

Nel tardo pomeriggio Casabona e Bini rientrarono a Valdenza. Avevano in tasca il verbale con le sofferte dichiarazioni di Luca Picierno. Sebbene la sua confessione avesse chiarito alcuni elementi della faccenda, lo scenario presentava ancora tanti punti oscuri.

Casabona andò subito a rintanarsi nel suo ufficio.

Il racconto del giovane gli era entrato dentro, infettandolo di disgusto e rabbia. Ogni tanto capitava, lo sapeva bene. Faceva parte di quel lavoro la certezza di trovarsi periodicamente a contatto con storie atroci. Di quelle che non scivolavano sul guscio protettivo che si indossa per tirare avanti. Non c'è corazza che tenga di fronte all'orrore.

Aveva lasciato il sole di Napoli per ritrovarsi in una Valdenza con la neve. Stava facendo buio. Quando accese la lampada da tavolo, un bagliore caldo e soffuso invase la stanza.

Se ne restò per un po' a fissare il lampione nella strada di fronte. In controluce si potevano vedere meglio i fiocchi soffici e leggeri che volteggiavano nell'aria.

Dall'altra parte della strada, attraverso i vetri appannati di una finestra, si intravedeva la signora che abitava nell'appartamento di fronte. Era al telefono. Si accorse della presenza di Casabona e chiuse le tende.

Di lì a poco, nell'ufficio del commissario si sarebbe tenuta una riunione per condividere le nuove informazioni e sviluppare una strategia per la continuazione delle indagini. L'ispettore Proietti, insieme a Bellini, De Marco e Ruocco, stava finendo di elaborare i dati sulle adozioni e gli affidi della comunità "La siepe" ottenuti dalla dottoressa Marini tramite una collega del tribunale dei minori. Nell'attesa, Casabona approfittò del tempo ancora a disposizione per dare un'occhiata alle intercettazioni telefoniche.

L'ultima conversazione registrata proveniva proprio dal numero intestato alla "Fragolina Time" in uso alla donna che si faceva chiamare Francesca. Questa volta si trattava di una chiamata, non di un SMS. Era molto recente, perciò i ragazzi non avevano ancora fatto in tempo a trascriverla.

Indossò la cuffia e si mise all'ascolto per farlo lui.

Procedimento: 2199/01
Decreto: 60/01 R. Int. P.M.
Intercettazione: Cellulare titolare "Fragolina Time" in uso a Francesca
Prog.127
Voce femminile chiama il tecnico della "Fragolina Time" Corrado Recale
[F]: voce femminile (Francesca) – [R]: Recale
…omissis…

F: Ciao Mauro, sono Francesca. Ho provato a chiamare Fedele ma dà irraggiungibile…
R: Ciao Francesca… lo ha staccato… è in riunione con alcuni distributori… di' pure a me… come stai, intanto?
F: Sto bene, grazie… Aspetta un attimo…
R: Fai pure…
F: Eccomi, scusa… Ho dovuto chiudere la tenda… C'era quel coglione del commissario che guardava dalla finestra di fronte…

Che palle, me lo ritrovo sempre davanti... ogni volta che esco o rientro a casa... come se mi stesse pedinando...

R: *(risata) Forse sta indagando su di te... oppure ti vuole scopare...*

F: *(risata) A pensarci bene, non mi dispiacerebbe... È un bell'uomo... Poi, immagina se riuscissimo a coinvolgerlo nei nostri giochini... Lo terremmo per le palle... in tutti i sensi... (risata)*

R: *Ma non credo sia il tipo... Comunque... Vuoi lasciare un messaggio a Fedele?*

F: *Digli che per domani pomeriggio può organizzare il set con la coppia di Pisa... Mio marito è di turno in aeroporto e la bambina sarà al compleanno di un'amica...*

R: *Mi diceva Fedele che avevi problemi con tuo marito... temevi che potesse venire qui... Cos'è successo?*

F: *Aveva trovato un foglio nella mia borsa con il vostro indirizzo... io gli ho detto che era casa di una mia amica, ma lui si è insospettito e voleva venire a controllare...*

R: *E com'è finita?*

F: *È finita che l'ho convinto...*

R: *Immagino come lo hai convinto... (risata)*

F: *Tu sai che quando mi ci metto... (risata)*

R: *Domani con chi verrai?*

F: *Con Renato...*

R: *Ti garba, Renato, eh...? (risata)*

F: *Diciamo che ha ottimi argomenti per farsi apprezzare... (risata)*

R: *(risata) Okay, glielo dirò io a Fedele ... ti sento in forma, sai? A domani.*

F: *Sarà l'astinenza prolungata... (risata) A domani.*

Fine della conversazione

Casabona si tolse la cuffia e la ripose sul tavolo. Si sorprese di una sola cosa: non provava alcuna emozione.

Aveva appena scoperto che la Francesca delle intercettazioni non era sua moglie, come aveva continuato a sospettare suo malgrado. Aveva constatato che la donna perfetta, quella che lui aveva preso a modello al punto da diventare lo specchio del fallimento della sua relazione e del suo ménage familiare, era tutt'altro che una santa.

Tutto ciò non gli procurava alcuna reazione emotiva. La storia di Luca Picierno, e dei tanti bambini come lui che avevano subìto la stessa sorte, lo aveva come anestetizzato. È quello che accade durante le guerre. L'orrore brucia la sensibilità delle persone. Si perde la capacità di indignarsi, per non soffrire. Una forma di difesa estrema davanti al male.

Gli erano solo ritornate in mente le parole di Renzo Chellini, pronunciate al loro primo incontro: "*Il senso della realtà è negli occhi di chi la osserva, commissario. Ma la vista si può ingannare, e non solo. Il diavolo ha riempito il mondo di trappole per sciocchi. La verità non è quasi mai quella che appare e non è per tutti*".

39

L'ispettore Proietti chiese di entrare. Con lui c'erano tutti gli altri. Bini, Bellini, De Marco, Ruocco, Marinelli e Guerra.

Si accomodarono alla meglio. I più giovani rimasero in piedi.

Da ultimo entrò anche l'ispettore Trimboli della Scientifica. Aveva ricevuto da Roma l'esito degli esami compiuti sulla lettera che tre anni prima aveva fatto riaprire il caso di Loretta Magnani. La saliva lasciata sul francobollo aveva consentito di isolare e attribuire il DNA.

Ruocco ci aveva visto bene. Era stato Marco Romoli a spedirla.

Casabona tentò di ricostruire la dinamica della vicenda attraverso i nuovi elementi acquisiti.

«Probabilmente, dopo che la dottoressa Marini aveva cominciato a interessarsi al caso di Luca Picierno, l'aria per Romoli era diventata troppo pesante all'interno della comunità. Renzo Chellini e il suo socio dovevano aver scoperto che non aveva ucciso il ragazzo, come gli era stato ordinato di fare, e decisero di fargliela pagare. Non sapendo ancora che sarebbe stato chiamato a testimoniare dalla Marini, Romoli pensò di giocarsi la carta della lettera anonima per far riaprire l'indagine sull'omicidio di quella che era stata la sua donna, anche se per un breve periodo, e la madre di suo figlio. Il bambino che poi prese il nome di Luca Simoni. Nella lettera fece il nome del responsabile: "il messia". Confessò anche di essere stato presente senza poter far nulla per impedire l'omicidio. In effetti, lui all'epoca era molto giovane.»

«Ma perché l'avrebbero uccisa?» chiese Trimboli.

La domanda era ingenua, nessuno della Mobile si sarebbe sognato di farla.

Rispose l'ispettore Proietti.

«Perché rivoleva il suo bambino. Probabilmente avrà anche minacciato di rivelare l'identità del padre, cosa che avrebbe fatto scoppiare uno scandalo e messo a rischio il futuro dell'intera comunità.»

Il commissario continuò la sua ricostruzione.

«Di certo, quando fu convocato in procura, Romoli si ripromise che ne avrebbe approfittato per vuotare tutto il sacco. Ma non fece in tempo. Lo ingozzarono di whisky e lo abbandonarono morto davanti alla chiesa di Sant'Andrea. Affinché gli altri amici, quelli che partecipavano ai festini con "le maschere dei cartoni", come ci ha raccontato Luca Picierno, capissero che il tradimento era stato scongiurato e il traditore aveva pagato con la vita. Come Filippo Tedici settecento anni prima.»

Quindi Casabona si rivolse a Proietti: «Voi cosa avete scoperto con la lista della Marini?».

L'ispettore aveva in mano una decina di fogli. Il risultato delle verifiche effettuate.

«Roba da non crederci, ma è tutto scritto qui. La Marini ci ha dato una lista con gli affidi e le adozioni che hanno riguardato la comunità "La siepe" negli ultimi venticinque anni. Sono entrati in affidamento sessantasette minori. Trentadue sono ritornati in famiglia o sono stati trasferiti in altre comunità dopo poco tempo, di sette di loro è stata denunciata la scomparsa per allontanamento volontario, venti sono stati adottati e degli otto mancanti non siamo riusciti a ricostruire che fine abbiano fatto; probabilmente sono ancora là.»

«Non sono poi tanti, considerando che parliamo di un periodo di venticinque anni» commentò il sovrintendente Bini.

«Aspetta, perché il bello viene adesso» anticipò Andrea Bellini. Proietti riprese il suo resoconto.

«Dei venti ragazzi adottati, ben otto sono rientrati nella comunità nel giro di un paio d'anni. Tutti rimasti orfani. Luca Simoni era uno di loro. Le famiglie che li avevano adottati è come se fossero state selezionate. Corrispondevano tutte a uno stesso standard. Coniugi al limite massimo dell'età per l'adozione, benestanti e senza altri figli o parenti prossimi. Alla loro morte, i ragazzi ereditavano tutto il patrimonio. E indovinate chi veniva nominato ogni volta tutore?»

«Renzo Chellini» rispose Casabona. «E immagino che gran parte dei beni siano finiti alla comunità.»

«Proprio così. In un caso, Chellini ha adottato egli stesso una ragazza che era rientrata da un'adozione milionaria. Si tratta della famosa Laura, morta di recente. Perché Renzo Chellini, almeno all'anagrafe, risulta essere sposato e senza figli legittimi.»

«Ma come sono morti i genitori dei ragazzi adottati?» chiese ancora il commissario.

«Tutti per cause accidentali. Quelli di Luca Simoni già sapevamo che erano morti in un incidente stradale.»

Proietti cominciò a passare a Casabona, uno alla volta, i fogli che aveva in mano.

«Ecco gli altri: coniugi Mazzanti, incendio dell'abitazione nel 1989; coniugi Liguori, incidente stradale nel 1991; coniugi Frezza, avvelenamento alimentare da funghi nel 1993; coniugi Trevisan, avvelenamento per rottura accidentale del tubo del gas in cucina nel 1996; e così via.»

Quando tutti si furono ripresi dall'attimo di smarrimento, Casabona cercò di fare una sintesi.

«Ormai sembra tutto molto chiaro. Abbiamo ricostruito l'omicidio di Loretta Magnani del 1969 e quello di Marco Romoli di tre anni fa. Abbiamo capito cosa succede nella comunità e quali sono i ruoli di Renzo Chellini, il messia, e del suo compare Rinaldo Petri. Resta da capire come sono stati uccisi Luca Simoni e Tania Orlosky. E, soprattutto, perché. Un'idea possiamo farcela: se teniamo conto del significato che ha il luogo del ritrovamento del cadavere nel precedente episodio, quello di Marco Romoli, e consideriamo che il ritrovamento del corpo della ragazza è avvenuto al ponte di Campanelle, dobbiamo pensare che anche Simoni e la Orlosky siano stati puniti per un tradimento. Ma quale?»

«Resta da chiarire anche come sono andate veramente le cose con Laura, la "figlia" di Renzo Chellini» aggiunse Proietti.

Poi Casabona continuò.

«Queste risposte le potremo trovare solo entrando nella comunità, ma senza un decreto del magistrato è impossibile.»

«La dottoressa Marini ce lo darà, dopo tutto quello che abbiamo scoperto» disse Di Marco.

«Ma cosa abbiamo?» chiese Casabona. «Le dichiarazioni di un pregiudicato napoletano che arrivano con solo venti anni di ritardo e una serie di ragionamenti. Tutti confutabili. Dobbiamo essere molto cauti. Finora abbiamo sbagliato ogni mossa con Renzo Chellini. Lui aveva previsto tutto. Ha lasciato una frase che spiega bene il suo disegno: "Ho il potere di deporre la mia anima e il potere di riprenderla". Si riferisce al mito della fenice, che brucia completamente per poi rinascere dalle sue ceneri. È quello che ha intenzione di fare anche lui. Passare indenne attraverso tutto questo per poi ricominciare da qualche altra parte. Anche sfruttando l'escamotage dell'infermità mentale. Per come mi sento stasera, andrei da lui e gli pianterei una pallottola in mezzo agli occhi, ma non dobbiamo farci prendere dall'istinto. Bisogna restare lucidi e giocare d'astuzia. Abbiamo scoperchiato una fogna di proporzioni immani. La gente non crede alle cose troppo esagerate. Se dici che una persona ha ucciso un uomo o un bambino tutti sono disposti a crederti. Se dici che ne ha uccisi dieci, cominciano a guardarti con sospetto e vogliono vedere i corpi. Se superi questo numero, pensano che il pazzo sia tu. L'unico omicidio dove abbiamo delle prove scientifiche inconfutabili è quello di Loretta Magnani. È da lì che bisogna partire, e io un'idea ce l'avrei.»

40

La mattina dopo Casabona tornò al reparto psichiatrico dell'ospedale. Si fece accompagnare dall'ispettore Trimboli.

Renzo Chellini era ancora ricoverato. Dopo il momento di quasi lucidità manifestato durante il precedente incontro, era ricaduto nella sua condizione di isolamento dalla realtà.

La dottoressa Ochs era occupata con le consuete visite di ambulatorio. Secondo il suo parere, era stato lo shock prodotto dal ricordo della morte della figlia, indotto in modo troppo brusco dalle domande dei due poliziotti, a determinare la ricaduta del paziente. Per questo motivo non ne voleva sapere di autorizzare un altro incontro.

Sembrava irremovibile.

«Commissario, la prego di comprendere le mie ragioni, non posso correre altri rischi. Un'ulteriore crisi potrebbe innescare una spirale di sofferenza di livello tale da portarlo a compiere gesti autolesionistici.»

Casabona ce la mise tutta per convincerla.

«Le do la mia parola che non diremo nulla. Non apriremo bocca. Sarà lei a chiedere a Chellini se vuole dirci qualcosa. Se non risponde o se risponde di non aver nulla da dire, andremo via insieme a lei.»

La donna rimase un attimo a riflettere.

«Va bene, però non dovrete fiatare. Entrerete, vi metterete in un angolo e aspetterete.»

«Può fidarsi di noi» la rassicurò il commissario. Poi aggiunse: «Le chiedo solo un'altra cortesia: lui deve prendere medicine stamattina?».

«Certo. A quest'ora gli somministriamo sette gocce di Serenase. Perché me lo domanda?»

«Potrebbe dargliele davanti a noi e poi portar via il bicchiere quando usciamo? Abbiamo bisogno di acquisire il suo DNA senza che lui se ne renda conto.»

«Ma è legale?»

Casabona stava per perdere la pazienza ma si contenne.

«Dottoressa, siamo la Polizia di Stato noi, mica la Banda Bassotti. Dopo faremo un verbale di acquisizione e gliene lasceremo una copia.»

La Ochs si convinse.

«D'accordo. Vado a preparare il farmaco e poi saliamo. Lui ora è in camera, al piano di sopra. Mi raccomando, non rispondete ai malati, qualsiasi cosa vi dicano. Non li guardate negli occhi. State sempre dietro di me.»

Casabona e Trimboli annuirono.

Ora il problema del commissario era un altro. Cioè quello di resistere, una volta arrivato al cospetto del "messia", alla tentazione di mettergli le mani addosso. Doveva trovare la forza di non lasciar trasparire nulla. Nemmeno uno sguardo astioso. Freddezza assoluta. Era una capacità, questa, che aveva riscontrato negli ambienti della criminalità mafiosa, dove la vittima designata veniva attirata nella trappola proprio dall'amico più fidato e l'omicidio, spesso per strangolamento, avveniva al termine di una lauta cena durante la quale i commensali riuscivano a comportarsi in maniera del tutto naturale.

Casabona concluse che, per i successivi quindici minuti, avrebbe adottato la stessa strategia. Renzo Chellini, la sua vittima designata, non avrebbe dovuto sospettare in alcun modo che il suo gioco era stato scoperto.

La Ochs li guidò, tra le scale e i corridoi dell'ex convento, fino alla stanza di Chellini. Un unico ambiente con un letto, un comodino, un tavolino, un armadio e una sedia.

Lo trovarono nella stessa situazione della volta precedente: intento a osservare il cortile fuori dalla finestra attraverso le massicce grate in ferro.

La dottoressa si avvicinò a lui. Casabona e Trimboli si fermarono poco dopo l'ingresso e chiusero la porta alle spalle.

«Buongiorno Renzo, come va oggi?»

Nessuna reazione.

«È tornato a trovarti il commissario, ti va di parlare con lui?»

Attesero una risposta che non arrivò. Nemmeno un cenno o un movimento degli occhi, che rimasero fissi a guardare la finestra.

La dottoressa gli porse un bicchierino bianco, di quelli monouso, con la medicina.

«Non fa nulla. Ora però devi prendere le gocce.»

Il paziente non fece nulla per afferrarlo, così la Ochs glielo avvicinò alla bocca e lui deglutì.

Fu allora che "il messia" fece un movimento con gli occhi quasi impercettibile. Casabona se ne rese conto. Lo aveva inquadrato attraverso il riflesso sul vetro della finestra. Si fissarono per qualche istante. Poi Chellini allungò la mano, come per afferrare il bicchiere, ma lo fece nello stesso momento in cui la dottoressa lo stava appoggiando sul vassoio che teneva in mano. Arrivò in ritardo di un solo attimo.

La Ochs fece un passo indietro, salutò Chellini e uscì dalla stanza seguita dai due poliziotti. Scesero insieme nell'ambulatorio e lì Trimboli, dopo aver indossato i guanti, ripose il bicchierino in un sacchetto sterile trasparente per portarlo via di corsa ai laboratori della Scientifica di Firenze.

41

Bisognava solo attendere. Quella giornata sarebbe passata così. Il tempo a disposizione era buono per rielaborare i dettagli di ciò che era accaduto e preparare le mosse successive.

Casabona doveva anche rimettere a posto il disordine interiore delle ultime settimane. Si erano verificati fatti che avevano messo in moto forti emozioni. Ma tra gli uni e le altre c'è sempre la lettura dell'uomo. Si percepisce il mondo così come passa attraverso i nostri occhi, e i nostri occhi possono sbagliare. Come aveva detto Renzo Chellini, spesso vedono cose che non esistono, oppure ne confondono il senso.

A volte bisogna avere il coraggio di fermarsi per riconsiderare ciò che è accaduto con occhi nuovi. È così che si diventa migliori. Che ci si libera dalla schiavitù dei propri demoni. Perché è loro che si vuole assecondare quando si deforma il significato della realtà. L'accidia, il rancore, il desiderio di autocommiserazione, la gelosia, l'invidia, la superbia, l'orgoglio e l'odio sono dentro l'uomo e hanno bisogno di buone ragioni per affacciarsi al mondo esterno. Non importa che siano vere o finte. Reali o solo apparenti.

La prova finale di quanto fosse vero questo assunto gliela diede suo figlio.

Si presentò in questura e lo fece chiamare.

Casabona ebbe un tuffo al cuore quando lo vide. Pensò che fosse successo qualcosa di grave a casa. Per via del suo passato da tossicodipendente, Alessandro non amava farsi vedere sul luogo di lavoro del padre. Si sentiva a disagio perché pensava che avrebbe potuto metterlo in imbarazzo. Ma no, non era accaduta nessuna disgrazia, rispose al padre per rassicurarlo. Voleva solo fare due chiacchiere con lui. Gli disse "da uomo a uomo", e questa cosa a Casabona piacque molto.

Avevano già cenato entrambi. Faceva freddo ma non pioveva. Così fecero due passi verso il centro. Parlarono di loro, del lavoro, di come andavano le cose nel gruppo di don Angelo. Poi entrarono in un pub in piazza della Sala e si sedettero a un tavolino in disparte.

In sottofondo si sentivano le note di *Before It's Time to Say Goodbye*, suonate dal magico sassofono di Kenny Garrett.

Casabona si fece portare un bicchiere di rhum con del cioccolato fondente di Modica. Suo figlio chiese un succo di frutta. Da quando era entrato in comunità, non toccava nulla di alcolico. Nemmeno un bicchiere di vino. Continuarono a chiacchierare fino a quando fu inevitabile affrontare il vero motivo di quella visita inaspettata. E Alessandro lo fece nell'unico modo possibile, senza altri giri di parole.

«Mamma ha un cancro.»

Casabona lo guardò confuso, come se suo figlio si fosse espresso in una lingua straniera incomprensibile. Cosa significava quella frase, si chiese. Francesca ha un cancro? Francesca può ammalarsi e morire? Non è possibile. Non lo aveva mai neppure preso in considerazione. Francesca poteva amarlo, odiarlo, tradirlo, prendersi cura di lui, deluderlo. Poteva fare tutto questo e molto altro ancora, ma non poteva morire. Non era mai stato messo in conto. È vero, l'aveva visto succedere intorno a sé. Era accaduto ad altre persone che conosceva, ma non era ipotizzabile che una cosa del genere potesse entrare anche nella loro casa.

E poi lei era così giovane. Era solo una ragazza di venticinque anni, nella testa di Casabona. Come quando avevano iniziato a frequentarsi e stare insieme. Perché è questo che succede quando comincia una vera storia d'amore. Si entra in un mondo interiore il cui il tempo si ferma. Perché le anime non hanno età e non invecchiano mai.

«Che cosa stai dicendo, Alessandro? Che significa?»

Buttò giù in un sorso tutto il bicchiere di rhum per prepararsi alla risposta.

«Prima dell'estate, a mamma è stato diagnosticato un cancro al seno. Lo ha scoperto andando a fare un controllo di routine a cui si sottopone ogni anno.»

Casabona si sforzò di ricordare il controllo di cui parlava Alessandro, ma non ci riuscì. L'unica cosa che gli venne in mente era il fatto che l'estate appena passata Francesca aveva insistito per passare le vacanze insieme nella loro casa al mare nel golfo di Follonica. Come ai vecchi tempi. Diceva che sentiva il bisogno di stare un po' di tempo da sola con lui. Di parlare di loro. Ma poi c'era stata l'indagine di Torre Alta, che lo aveva costretto a rientrare al lavoro, e il piano era sfumato. Lei se n'era andata via per conto suo e si erano rivisti a settembre.

«Ma perché non mi ha detto nulla?»

«Lei dice che ci ha provato all'inizio. Ma non ci è riuscita. Eri sempre distratto, impegnato con il tuo lavoro. Poi lo sai com'è fatta… Si rinchiude in se stessa quando le cose non vanno bene. Non comunica più. È fatta così.»

«Ma a te lo ha detto, però.»

Si pentì di questa domanda un attimo dopo averla fatta. Era chiaro il perché con Alessandro riusciva a parlare più facilmente. Lui era passato attraverso l'inferno e ne era uscito. Aveva portato con sé la capacità di comprendere che hanno tutti quelli che si sono dovuti confrontare con la precarietà della vita. E poi era suo figlio.

«Non lo so. Si è confidata con me e mi ha voluto vicino. Perciò sono tornato. Ieri lo ha detto anche a Chiara.»

«E come l'ha presa?»

«Male. Si è sentita come se mamma non avesse fiducia in lei. Ma poi si sono parlate a lungo e si sono capite.»

«L'ho vista l'altro giorno, era al bar dell'ospedale insieme a un uomo.»

«Sì, lo so. Io ho visto te. Ero fuori in macchina ad aspettarla. Aveva un appuntamento con l'oncologo che la sta curando.»

Casabona si fece portare un altro bicchiere di rhum e se ne restò un po' in silenzio a pensare.

Poi indirizzò ad Alessandro uno sguardo smarrito.

«Che devo fare?»

In quella domanda era nascosta tutta la sua resa. Lui, il commissario tutto d'un pezzo, l'uomo che aveva catturato i peggiori delinquenti di Valdenza, il padre severo e intransigente, era lì a chiedere cosa fare al figlio che era stato un ribelle e un tossicodipendente.

«Devi tornare a casa. Devi parlare con lei e cercare di capire. Forse è arrivato il momento che tu riveda l'ordine delle tue priorità.»

Era vero: suo figlio era diventato proprio un uomo. Non c'era da meravigliarsi se la madre aveva deciso di affidarsi a lui.

«Va bene, Alessandro. Domani finirò questo lavoro e tornerò a casa.»

42

L'esito dell'esame sul DNA arrivò la mattina seguente. Dal bordo del bicchierino monouso sul quale aveva poggiato le labbra Renzo Chellini per prendere la sua medicina, erano stati estratti i campioni genetici. La successiva comparazione con i profili acquisiti sulla scena del crimine dell'omicidio di Loretta Magnani, avvenuto nel 1969, diede esito positivo. Fu riscontrata la perfetta coincidenza con la traccia rilevata sul coltello a serramanico utilizzato per ammazzare la donna. D'altronde era già evidente che fosse lui l'assassino. Lo aveva confessato Marco Romoli nella lettera anonima, dichiarandosi testimone oculare.

La prova scientifica della sua colpevolezza consentì alla dottoressa Marini di iscrivere Chellini nel registro degli indagati per quel delitto e di disporre la perquisizione della comunità dove egli risultava residente.

Alle undici del mattino, Casabona e i suoi uomini erano già pronti a entrare. Presero parte all'operazione cinque pattuglie della Mobile di Valdenza, due della Mobile di Firenze di supporto per competenza provinciale e un elicottero del reparto volo per il controllo della zona dall'alto. Anche la dottoressa Marini volle essere presente alle operazioni.

La lunga fila di automezzi entrò nella struttura dopo aver forzato il cancello d'ingresso utilizzando un fuoristrada come ariete.

La comunità era formata da più edifici. Alcuni di essi erano stati adibiti ad alloggio per i minori e i residenti, altri ospitavano servizi comuni come la mensa, la sala riunioni, l'infermeria. Poi c'erano i magazzini, le rimesse dei mezzi agricoli e la stalla.

Gli uomini si divisero gli obiettivi.

Casabona, l'ispettore Proietti e la dottoressa Marini andarono nella residenza di Chellini.

Si trovava un po' distanziata rispetto alle altre, sulla sommità di un poggetto, e vi si accedeva percorrendo a piedi un vialetto.

La casa era su due livelli. Dall'ingresso si accedeva direttamente al soggiorno, che comunicava con una piccola cucina. Sulla sinistra si apriva la porta del bagno e sulla destra saliva una rampa di scale che portava al piano superiore.

Sul pavimento della cucina, che non era stato ripulito bene, si vedeva ancora l'alone della macchia di sangue lasciata da Laura, la figlia adottiva di Chellini.

Mentre Proietti finiva di controllare la zona giorno, Casabona e la dottoressa Marini si spostarono al piano di sopra.

La prima stanza era una camera con un letto matrimoniale, due comodini, un comò e un armadio a due ante. Il letto era in ordine. Nell'armadio c'erano alcuni vestiti e un fucile da caccia.

La stanza successiva era quella della ragazza e si presentava in un totale disordine. L'armadio e i cassetti erano stati svuotati e il loro contenuto si trovava buttato alla rinfusa sul letto. Qualcuno aveva rovistato dappertutto.

A un tratto, il commissario e la dottoressa Marini si sentirono chiamare da Proietti e lo raggiunsero.

«Ho trovato questo nascosto dietro il cassettone del lavello della cucina. È il diario di Laura. Dall'ultima pagina scritta manca il pezzo iniziale. È stata strappata una striscia lunga circa tre centimetri. Vedete?» disse l'ispettore mentre la mostrava.

Sul resto della pagina c'era scritto: "*abbiamo diritto ad avere una vita normale, come tutti gli altri esseri umani. Noi ci amiamo. Hai preso già tutto. La nostra infanzia, la nostra innocenza. Ci hai sfruttati per i tuoi piaceri e i tuoi interessi. Ti prego ora di lasciarci andare. Non cercarci più. Dimenticaci, e anche noi dimenticheremo".*

Casabona, osservando il diario, si ricordò del biglietto ritrovato dai carabinieri e ne parlò alla dottoressa Marini.

«Il pezzo mancante è della stessa grandezza del foglietto che fu rinvenuto vicino al corpo della ragazza la sera che trovarono il corpo. Anche la carta è uguale. Diceva qualcosa tipo: *"Perdonami per quello che sto per fare ma non ce la faccio più a vivere in questo stato"*. La perizia calligrafica lo ritenne autentico, e in effetti lo era. Fu interpretato come un addio. Ma se lo rimettiamo al suo posto si capisce che si trattava di tutt'altro. Era l'inizio di un messaggio di speranza, esprimeva un desiderio di libertà.»

«E si capisce anche che il destinatario di quelle parole era proprio il padre adottivo, Renzo Chellini» aggiunse Proietti.

«Quindi non può che essere stato lui a tagliare la porzione di foglio per avvalorare, in un primo momento, la tesi del suicidio. Salvo poi, sentitosi braccato dalle nostre indagini, instillare il dubbio dell'omicidio solo per estrometterci dal caso» concluse il commissario.

Si sedettero al tavolo dell'ingresso per leggere il contenuto del diario. In quelle pagine c'era tutta la storia d'amore tra Laura e Luca Simoni, i progetti che avevano fatto insieme, il loro desiderio di cambiare vita. Si capiva che Luca si era prestato a fare l'attore porno per assecondare la volontà di Renzo Chellini. Era il ruolo che era stato deciso per lui, congeniale agli interessi della comunità. Il messia lo utilizzava per organizzare incontri e festini, salvo poi ricattare persone influenti. Ma Laura lo aveva convinto a cambiare e Luca si era impegnato a farlo.

La dottoressa Marini fu la prima che ebbe il coraggio di dire ciò che ormai pensavano tutti.

«A questo punto è evidente che è stato lui ad accoltellare a morte la ragazza. Di sicuro dopo aver trovato il diario nella sua stanza.» Casabona confermò.

«La reazione di Chellini di fronte al tradimento è stata ancora una volta spietata. Non solo ha ucciso personalmente Laura, ma poi deve aver affidato il compito di chiudere la partita al suo fidato guardaspalle Rinaldo Petri, facendo ammazzare anche Luca Simoni e la povera Tania Orlosky, colpevole solo di trovarsi insieme a Simoni al festino dove venne narcotizzato e portato via. Pensando così di eliminare ogni possibile testimone e di venirne fuori pulito. Rinato dalle sue stesse ceneri. Come la fenice.»

Ora che tutte le tessere del mosaico erano state messe al loro posto, il quadro appariva chiaro nella sua brutalità.

Si sentirono degli spari all'esterno.

Casabona, Proietti e la dottoressa Marini si precipitarono fuori per controllare cosa fosse successo.

C'era stata una sparatoria dietro la rimessa. Rinaldo Petri si era nascosto in una grotta naturale che scendeva tra le rocce e aveva sparato alcuni colpi di fucile verso il sovrintendente Bini e l'assistente Marinelli, che stavano entrando per ispezionarla. Questi avevano risposto al fuoco uccidendolo.

In fondo all'anfratto furono trovati resti umani. Ossa e teschi consumati dalla calce e dal tempo. Considerate le dimensioni doveva trattarsi di ragazzi. Probabilmente gli ospiti di cui era stato denunciato l'allontanamento volontario. I ragazzi che non ce l'avevano fatta a sopportare i ritmi di lavoro, quelli che si erano ammalati per il freddo e le privazioni oppure gli indisciplinati che non si volevano piegare alla volontà del messia. Tra loro avrebbe dovuto esserci anche Luca Picierno, se il compito di ucciderlo non fosse stato affidato a Marco Romoli.

All'interno della rimessa c'era la stanza del demonio. Era proprio come l'aveva descritta Picierno: un piccolo ambiente dalle pareti bianche, illuminato solo da una lampada d'emergenza. Non c'erano aperture che lasciassero filtrare la luce naturale e la ventilazione veniva garantita da un vecchio dispositivo rumoroso. C'era odore di muffa e di morte.

Dal centro della stanza scendeva una corda arrotolata su una carrucola a motore.

La dottoressa Marini era disgustata. Aveva visto abbastanza. Si rivolse a Casabona, che era dietro di lei.

«Andate a prenderlo. Io torno in ufficio a preparare il decreto di fermo.»

43

Mezz'ora più tardi, per la terza volta Casabona si presentò all'entrata del reparto psichiatrico dell'ospedale di Valdenza, con la consapevolezza che sarebbe stata anche l'ultima.

Insieme a lui c'era anche Proietti, che non voleva perdersi la soddisfazione di stringere le manette ai polsi del messia.

Andarono decisi a cercare la dottoressa Ochs nel suo ambulatorio. Ormai conoscevano bene la strada e non c'erano favori o cortesie da chiedere.

Bussarono ed entrarono senza nemmeno attendere la risposta.

«Dottoressa, dobbiamo procedere all'arresto di Renzo Chellini. Ci accompagna lei o ci fa accompagnare da qualcuno?»

La Ochs che stava studiando delle cartelle cliniche alla sua scrivania, rimase sorpresa. «Ma come, l'arresto? Nelle sue condizioni non è in grado di lasciare la struttura» provò a replicare.

«Non si preoccupi, a questo ci pensiamo noi. Se servirà, ci faremo aiutare da un paio di infermieri per portarlo in questura.»

Alla dottoressa non restò altro da fare che assecondarli.

«Va bene, andiamo.»

Rifecero con passo deciso e veloce le scale e il corridoio del giorno prima. La dottoressa aprì la porta, ma il primo a entrare questa volta fu Casabona.

Si bloccò immediatamente, come pietrificato.

Renzo Chellini era appeso alle grate della finestra, impiccato con la cintola dell'accappatoio. Indossava un pigiama a scacchi grigio e nero sotto una vestaglia da camera blu scuro. Aveva gli occhi sbarrati, la bocca aperta con la lingua in fuori e il collo allungato. Sotto la finestra c'era la sedia caduta di lato.

«Cazzo, no!» esclamò Proietti.

Casabona non riuscì a dir nulla.

Si guardò intorno. Le lenzuola erano in disordine. L'armadietto aperto. Le ciabatte per terra dall'altro lato del letto rispetto alla finestra. Il tavolino era spostato, così come il comodino. Sembrava ci fosse stata una colluttazione.

Ancora nessuno si era accorto del fatto. Quindi doveva essere accaduto dopo la distribuzione del pranzo.

«Chi altro è entrato prima di noi?» chiese il commissario alla dottoressa.

«Non lo so, dovrei chiedere al caporeparto» rispose la Ochs. Poi uscì nel corridoio e chiamò un infermiere. «Chi è entrato in questa stanza dopo la somministrazione del pasto?» gli chiese.

«Mezz'ora fa sono stati qui due poliziotti. Dovevano interrogare Chellini. Hanno detto che avevano già avuto la sua autorizzazione, dottoressa. Hanno mostrato i tesserini e un foglio con il mandato del giudice.»

La dottoressa si girò verso Casabona e non aggiunse altro.

«Non c'era nessun altro poliziotto, oltre a noi, ad aver interesse a venire a qui» le disse il commissario. Poi chiese: «Avete un sistema di videosorveglianza interna in questo reparto?»

«C'è un vecchio impianto, ma non funziona da anni. Stanno ancora decidendo se è legale o meno, perché per sorvegliare i malati si finirebbe per riprendere anche il lavoro del personale e questo la legge non lo consente.»

«Capisco» commentò Casabona, non riuscendo a nascondere la

delusione. «Ora dovremo isolare la stanza e verrà la polizia scientifica per i rilievi del caso» aggiunse.

«D'accordo. Fatemi sapere se avrete bisogno di qualcosa. Io devo scendere in ambulatorio.»

La Ochs andò via. Casabona e Proietti ritornarono nella stanza di Chellini e si chiusero la porta alle spalle.

«È finita. Gli hanno chiuso la bocca per sempre. Chellini ha deposto la sua anima al diavolo, ma non la riprenderà più, come si illudeva di poter fare. E noi non troveremo mai chi lo ha ucciso. Vedrai che saremo costretti ad archiviarlo come ciò che sembra: un suicidio» disse il commissario.

«Forse è meglio così. Ha avuto quello che meritava. Il processo sarebbe durato anni e alla fine se la sarebbe anche potuta cavare con l'infermità mentale» commentò Proietti.

«Il fatto è che, morto lui e morto Rinaldo Petri, finisce tutto qui. Non conosceremo mai le facce di quelli che si nascondevano dietro "le maschere dei cartoni". Quelli che lo hanno aiutato e che abbiamo sentito girare intorno a noi come squali quando ci siamo avvicinati troppo» replicò il commissario con amarezza.

«Quelli ci saranno sempre, Tommaso. Anche se li avessimo trovati, dopo un po' sarebbero stati sostituiti da altri. Sono l'anima nera di questo mondo. Non possiamo farci nulla.»

44

Trascorsero il resto del pomeriggio e la serata a scrivere verbali, rapporti, informative. Ora il caso era chiuso davvero. Non c'era altro che si potesse fare. Il risultato era buono, il migliore possibile, e bisognava accettarlo in quanto tale. Era stata restituita la speranza a molti ragazzi che si trovavano ancora all'interno della comunità ed era stato scongiurato il pericolo futuro per altri innocenti. Ci si poteva accontentare.

Ma non c'era soddisfazione nell'aria. Mancava quell'atmosfera da spogliatoio della squadra vittoriosa a fine gara che si respirava di solito al termine di un'indagine conclusasi positivamente.

Tutto il personale era rimasto sconvolto dall'orrore a cui aveva dovuto assistere. Nessuno aveva voglia di ridere o di scherzare. Volevano solo tornare a casa al più presto per riabbracciare i loro cari. E poi dimenticare tutto prima possibile. Semmai fosse stato possibile.

Quando ebbero finito, Casabona passò ad aggiornare il questore sull'esito finale dell'indagine. Anche lui era rimasto in ufficio per seguire tutte le fasi dell'operazione. Parlarono a lungo. In modo sincero e confidenziale come non avevano mai fatto prima.

Poi il commissario andò a prendere la sua roba nell'alloggio dove aveva vissuto nelle ultime settimane.

Aveva deciso di tornare a casa, come aveva promesso a suo figlio.

Prima di andar via, ritornò nel suo ufficio. Chiamò l'ispettore Proietti e gli diede una busta chiusa.

«Che cos'è?»

«Devi portarla al questore domani. Ne ho già parlato con lui. C'è la domanda di un mese di ferie e la richiesta di assegnazione a un incarico non operativo.»

Proietti lo guardò incredulo. Non era sicuro di aver capito.

«Che significa "richiesta di assegnazione a un incarico non operativo"?» Chiese.

«Vado via, Fabio. Sento che è arrivato il momento di farlo.»

«Ma cosa dici? Sei stanco, ti capisco. Lasciami solo la domanda di ferie. Parti con quella. Poi, fra un mese, penserai anche al resto. Non prendere decisioni affrettate.»

Casabona, invece, era determinato. Si sentiva che si trattava di una decisione covata da tempo, anche se molto sofferta.

«Questo lavoro mi è entrato dentro al punto da condizionare il mio modo di vedere il mondo. I miei occhi sono diventati come una lente deformata, piegata dal male con cui abbiamo a che fare tutti i giorni e dal sospetto che dobbiamo sempre alimentare per poterlo affrontare. Ho scambiato una donna traditrice e assetata di sesso per una moglie e madre perfetta, invidiando il marito. Nello stesso tempo, ho considerato mia moglie capace di fare le peggiori cose, mentre è gravemente ammalata da mesi e io non me ne ero neanche accorto. Ha ragione mio figlio: devo rivedere il mio ordine delle priorità. Questa indagine mi ha lasciato dentro una sola cosa positiva: mi ha insegnato che è sempre possibile ricominciare da capo. Persino Chellini si era illuso di poter applicare a se stesso il metodo della fenice. Di poter rinascere dalle sue ceneri. Se lui credeva di poter lasciare la sua anima e di poterla riprendere, perché non potrei farlo anche io? La mia precedente anima l'ho chiusa in quella busta e stasera la lascio qui. Non voglio di certo rinnegarla.

Tra queste mura ho passato molti dei momenti più belli della mia vita, grazie a tutti voi. Ma da domani voglio essere una persona nuova. Più in là spiegherò ogni cosa anche ai ragazzi della squadra. Stasera proprio non ce la faccio, e forse loro non capirebbero.»

Proietti non se la sentì di aggiungere nulla.

Casabona gli strinse la mano. Poi spense la luce e gli lasciò la chiave dell'ufficio.

Uscito dalla questura, Casabona si ritrovò davanti il padre di Tania Orlosky. Era venuto in Italia per effettuare il riconoscimento della salma della figlia e sbrigare le pratiche per riportare a casa il suo corpo. L'agente addetto alla vigilanza gli disse che lo stava aspettando da ore perché voleva chiedergli una cosa.

Era stato in Italia qualche anno prima, quando aveva lavorato in Puglia per la raccolta dei pomodori nel periodo estivo, perciò riusciva a farsi capire.

«Perdono, comandante. Perché hanno ucciso mia figlia?»

Casabona ebbe una fitta allo stomaco. Rimase come stordito da quella domanda. Lo guardò, ma non riuscì a trovare nulla di sensato da dirgli.

Gli ripassò nella mente l'immagine della scena del crimine sotto il ponte di Campanelle. Il corpo della ragazza abbandonato sul cumulo di calcinacci, la Scientifica e il medico legale al lavoro, i lampeggianti delle auto di servizio accesi. Tutto come in una foto in bianco e nero, tranne il rosa del coniglietto appoggiato sulla sedia rotta.

«Comandante. Perché è morta mia figlia? Cosa ha fatto lei?» insistette.

Il commissario, tutto d'un colpo, trovò il coraggio.

«Ha cercato di salvare dei bambini che venivano maltrattati e violentati.»

Sul volto rugoso dell'uomo, bruciato dal freddo della steppa, scesero due lacrime.

«E ci è riuscita?»

«Sì, ci è riuscita.»

L'uomo tirò fuori un fazzoletto sgualcito dalla tasca della giacca e si asciugò le lacrime.

«Lei amava molto i bambini.»

«Lo so» disse Casabona. E lo abbracciò.

Ringraziamenti

Il personaggio della dottoressa Mariella Ochs è ispirato dalla professionalità della mia amica Marzia Giansante, medico chirurgo specialista in psichiatria e psicoterapia nonché criminologa forense, Responsabile Servizio di Psichiatria e Psicologia Clinica San Carlo, Paderno Dugnano (Mi), che le ha dato la voce e la competenza di una reale professionista del settore. Allo stesso modo il personaggio della biologa Stefania Alessandroni deve la sua credibilità tecnico-scientifica alla mia collega Patrizia Stefanoni, biologa forense e direttore tecnico capo della Polizia di Stato presso il Servizio Polizia Scientifica di Roma. A loro va il mio più sincero ringraziamento per la preziosa collaborazione.

Ringrazio anche la redazione narrativa della Giunti che mi ha affiancato in questa nuova avventura. In particolare, Alida Daniele e Donatella Minuto che, oltre a essere brave nel loro lavoro, hanno dimostrato anche di saper essere molto, ma molto, pazienti.

Ringrazio, inoltre, i miei *assaggiatori* di fiducia Emilio Polidoro, Ilaria Lumini e Lucia Agati per i loro utili consigli.

Ringrazio, infine, mia moglie Martina che ha sacrificato la sua parte di tempo con me e si è fatta carico della mia parte di tempo per la famiglia affinché potessi scrivere questo romanzo.

Dello stesso autore

NOIR

ANTONIO FUSCO

Ogni
giorno
ha il suo
male

tascabili

G GIUNTI

Brossura - pp. 240 - euro 6,90

Antonio Fusco

Ogni giorno ha il suo male

La sonnacchiosa provincia toscana di Valdenza è improvvisamente scossa dall'omicidio di una donna, ritrovata in casa in una posizione innaturale e con una fascetta stringicavo attorno al collo. Si pensa subito al movente passionale, ma all'occhio esperto del commissario Casabona qualcosa fin da subito non quadra: troppi elementi contrastanti sulla scena del crimine. Schivo, ma con una forte carica umana, reso cinico da troppi anni di mestiere alle spalle, Casabona capisce ben presto che l'omicidio è solo l'inizio di un vortice di morte: un gioco pericoloso in cui le regole sono quelle stringenti e folli di un serial killer. E Casabona non può che accettare la sfida. «Chiediti perché e troverai il movente e se troverai il movente sarai vicino all'assassino»: seguendo questa frase come un mantra e con l'aiuto dell'affascinante collega Cristina Belisario, Casabona cercherà di venirne a capo e per farlo sarà obbligato a una profonda riflessione sull'impotenza dell'essere umano rispetto alle conseguenze delle proprie azioni.

Un romanzo imperdibile.
Un commissario che non si dimentica.

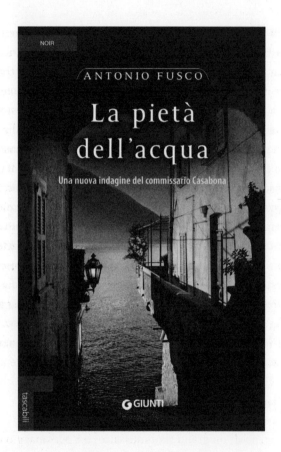

NOIR

ANTONIO FUSCO

La pietà dell'acqua

Una nuova indagine del commissario Casabona

tascabili

G GIUNTI

Brossura - pp. 208 - euro 6,90

Antonio Fusco
La pietà dell'acqua

È un ferragosto rovente e sulle colline toscane viene trovato il corpo di un uomo, ucciso con una revolverata alla nuca, sotto quello che in paese tutti chiamano "il castagno dell'impiccato". Una vera e propria esecuzione, come risulta subito evidente all'occhio esperto del commissario Casabona. Il caso, però, gli viene subito sottratto dalla direzione antimafia. Strano, molto strano. Come l'atmosfera di quei luoghi: dopo lo svuotamento della diga costruita nel dopoguerra, dalle acque del lago è riemerso il vecchio borgo fantasma di Torre Ghibellina, con le sue casupole di pietra, l'antico campanile e il piccolo cimitero. E fra le centinaia di turisti accorsi per l'evento, Casabona si imbatte in Monique, un'affascinante giornalista francese. O almeno, questo è ciò che dice di essere. Perché in realtà la donna sta indagando su un misterioso dossier che denuncia una strage nazista avvenuta proprio nel paesino sommerso. Un dossier scottante, passato di mano in mano come una sentenza di morte, portandosi dietro un'inspiegabile catena di omicidi. Che cosa nascondono da decenni le acque torbide del lago di Bali? Qual è il prezzo della verità?

Il ritorno di un grande commissario: un personaggio che con la sua intelligenza e umanità ha conquistato migliaia di lettori.

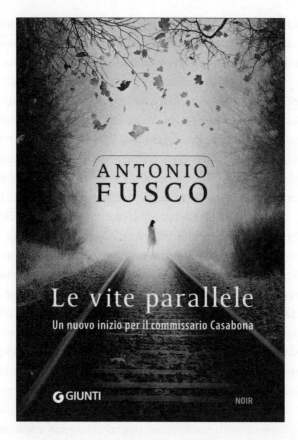

ANTONIO
FUSCO

Le vite parallele

Un nuovo inizio per il commissario Casabona

GIUNTI

NOIR

Brossura con sovraccoperta - pp. 240 - euro 15,00

Antonio Fusco
Le vite parallele

Mentre sulla cittadina toscana di Valdenza si addensa una coltre di nubi cariche di neve, il commissario Casabona, di passaggio in questura per sistemare le ultime cose, ha un unico pensiero: tornare quanto prima in ospedale a fianco della moglie Francesca, le cui condizioni di salute lo hanno spinto a chiedere un incarico meno impegnativo. Ma la sua determinazione sta per essere spazzata via da un caso che ha sconvolto i suoi uomini e l'intera provincia: una bambina di tre anni letteralmente svanita nel nulla; una madre in lacrime che, entrando nella cameretta dove l'ha lasciata la sera prima, trova il letto vuoto. Quando l'ispettore Proietti gli mostra la foto di Martina, con il suo caschetto biondo e lo sguardo limpido e fiducioso, Casabona riesce a stento a conservare la sua fermezza. Può davvero sottrarsi al grido di aiuto di quegli occhi e lasciare la sua squadra senza una guida? Ben presto i sospetti si concentrano su un balordo cocainomane da cui la madre ha ricevuto esplicite minacce, e con il quale intratteneva rapporti piuttosto torbidi. Una soluzione servita su un piatto d'argento, eppure qualcosa non quadra, e Casabona sente per istinto che la madre non è l'unica fra le persone vicine a Martina ad avere dei segreti. È il momento di prendere in pugno l'indagine e scavare molto più a fondo. Una ricerca che trascinerà Casabona in un mondo popolato di maschere e vite parallele, abilmente nascoste dalla facciata della pubblica virtù...

Stampato presso Lego S.p.A.
Stabilimento di Lavis